言葉の森

精神の自動的な働き／生起するもの

「照らし出すものたち」続編

横山多枝子

せせらぎ出版

言葉の森（精神の自動的な働き／生起するもの）

言葉の森を彷徨う。

この彷徨は二〇一五年六月四日の未明むりやり起こされたことから始まった。誰にって？　相棒である老齢猫ワトソンである。這子のそばに影のように存在しだしてから十四年、這子も六十七歳、老這子となっていた。時刻は確か午前の二時過ぎだったような、その起こし方はいつもより執拗で、すっかり目覚めさせられたあと、二階に導かれた。

不可思議な力と光が部屋全体に満ちていた
西の空に丸いものが煌煌と浮いていた
満月である
満月の重力がワトソンを突き動かした原動力なのか
それともワトソンのきまぐれだったのか
どちらにしても

老這子の立場からすれば
意識的に彼から起こされたということになる
では彼を突きうごかした意識とは
誰のあるいは何の意識なのか
この意識を説明する言葉がみつからない
言葉が見つからないぶん
意識は強く意識される
強く生起するもの
おそらく
存在という愉快なもの
おそらく
存在という異なもの
おそらく
存在というやっかいなもの…
これらすべてひっくるめて

おそらく
存在という化《ば》けなもの
このばけものを探しに言葉の森に入る
ときに言葉の嘘にまどわされ
やがて、出口も入口も失い
やがて、彷徨しはじめる。

その未明から十か月後、「照らし出すものたち（206ページ）」に書いたように、ワトソンに再び二階に導かれた。逝ってしまう前夜のことである。

まえがき

意識する……。

頭／脳は一つの世界である。その世界の様相は人それぞれ違う。育つ／生きる環境がそれぞれ違うからである。その世界は文化（カルチャー）とも言う。文化には人間が築いてきた物心両面の成果があるが、科学や技術等の物面異文化は受け入れられやすく、宗教や道徳等の心面異文化はそう簡単にはいかない。世界各地で勃発している民族紛争からも分かるように、物面よりも心面のほうが根深く、互いに拒絶反応を導きあう。ひとたび形成された脳世界はそう簡単に変わらないということだろう。

他国間や他民族間で生じるのが文化の違いだというのが定説だが、文化の違いは同じ国のなかや同民族同士のあいだでも生ずる。厳密に言えば、隣人や友人のあいだでも文化の違いは生じる。何故なら、人ひとりの意識は精神的生活に関わる事柄ゆえに、その人独自の文化とみなしてもいいはずだからだ。しかし、大抵の場合、単に考え方や価値観が違うだけのことだと、人はそれを文化の違いだとは認識しない。しかし、互いが文化の違いだと認識しあえば争いは生じない。

暖かい東海地方で、他者の悪口をいっさい言わない母のもと、他者と比較されずにのほほんと育ってきた這子の認知システム（行動・習性を形づける最も重要な決め手は環境）の主な特徴は、人間にはあまり興味がないことである。どちらかというと、人間よりも動物が好きである。このことは拙著『照らし出すものたち』に書いたが、照らし出すものたち（動物）には協和音を覚えるという習性は老這子になっても変わらない。

さて、人間に興味がないとは単なる人間嫌いとは違う。人と話すことは嫌いではない。特に知らない人との会話には興味がつかない。その場限りの人の話は新しい情報であり、その情報は言わばその人の文化である。利害関係がないから「ああ、そう」と単に耳を傾けていればいいだけで、異論を挟む必要はない。しかも愉快な情報なら「へえ、そうなの」と笑いを共有することができる。見知らぬ人との笑いの共有は楽しい。

「朱に交われば赤くなる」という格言がある。人は交わる人によって感化されるという意味であるが、老這子の場合は、他者から感化されたくない、感化したくないと生きてきた。だから孤独と言えば孤独なのだが、孤独だからこそ自由でいられる。自由でありたければ孤独はまぬかれない。つまり孤独と自由は表裏一体なのである。他者の悪口も言わないかわりに世辞も言わない。媚びることもない。あえて異も唱えないが同調もしない。争いは好まないから、異があるときは自ら身を引く。

異文化に接したときに生じる精神的ショックをカルチャーショックと言う。しかしインターネットで一瞬にして世界と繋がる現代社会においては、ショック（shock）で表現するには短絡かつ強すぎると思う。よって、文化的（社会的）違和感という言葉のほうが観念範囲的に適切だと考える。

今から思うに、その違和感は、他国である米国に滞在中にはあまり感じなかったことを憶えている。おそらく表層的な学生生活だったこともあったろうが、離婚して自由になった解放感も作用していたのだろう。ゆえか、違和感は帰国後のほうがあった。長いあいだ離れていた故郷の三島に戻ったときも、そして、いろいろの地域から人々が集まる別荘地である浅間山麓に移ったときもである。

その都度、いろいろの人（認知システム）と出会ってきた。それら出会いは、望む、望まぬにかかわらず時の経過とともに別れを経験する。自然消滅的な別れはいいが、自分の意思が絡む別れは自己嫌悪を伴う。心のなかであれ、他者を断罪している自分がいるからである。人との関わりやそこから生じる事象は多様であり、その事象の捉え方は捉える認知システムによってそれぞれ違うから仕方がないと、好きでない人との別れであるから思い出すことはないだろうと思っていた。しかし、這子が歳をとり持ち時間が少なくなって思い出すのはこちらのほうの別れだったのである。しかも心の痛みさえ加わっている。何故だろうか？　這子自身が年をとり、人は誰でも環境／社会に適合あるいは順応させられた認知システムで生きているということを知ったからかもしれない。意識しようと、しまいと、人は誰でも、自分が付属する社会に適合した認知システムで生き／かされている。老這子も同じことである。自分の認知システムで他者のそれを断罪することは余りにも想像力に欠けていると。

　人と人との関りは言葉の関りである。人を喜ばしたり励ましたりするのも言葉なら、傷つけたり騙したりするのも言葉である。多様な事象を説明するのも、科学的論証をするのも言葉であり、意思表現や記憶のための道具も言葉である。しかし、言葉は人間の付属物であり自立物ではない。言葉の向こうには必ずその言葉を発語した人間つまり人の心がある。善意の言葉なら大歓迎だが、悪意の言葉は歓迎するわけにはいかない。事実、人を騙そうとする、あるいは支配しようとする人間によって言葉はいくらでも操作され、そして、その言葉によって人は操作される。宗教やプロパガンダのような社会的な言葉から、

まえがき

友人間の個人的な言葉まで。

言葉は生物体ではないが、生物体以上に生きているときがある。生きていないのに生きている言葉とはいったい何なのだろうか？　その答えを探して、老這子は「言葉の森」を、分からない、分からないと彷徨う。

這子は、拙本『照らし出すものたち』の末に、次のように書いた。

主をなくした意識は
水たまりのなかに引きずりこまれ
汚泥に飲みこまれる
いずれ水たまりは乾いて消え
汚泥とともに太陽に焼かれ
一陣の風に吹かれ
空高く吊られ

やがてどこか遠くへ飛翔する。

そして時は流れた……。

『言葉の森』は『照らし出すものたち』の続編でもある。一つの認知システムの這子が年齢を重ね老這子になり自らの環境を生きてきた。そして、浅間山麓に移住した後章では更に歳を重ねてカイバ（怪婆）になった。自分ではどうにもならない老化という身体の異変にみまわれ、自身の意識（心）と存在（肉体）なのに思うようにならない日々を過ごすようになった。この記の後半は、そんな日々の思いのたけを吐き出した吐筆である。

なぜ？
なに？
いつ？
どこ？
だれ？

どうやって？
頭のなかに自問が湧く
言葉にはなっていないが、意味は明確
カイバは言葉に出して答えている
その返事はいつも同じ
分からない！

カイバが聞くのは「分からない」という言葉だけ。
これがカイバの今を生きる日常、まさに、「言葉の森」を彷徨いながらの不協和音に悩まされる旅である。

言葉の森　精神の自動的な働き／生起するもの　目次

前章　老這子の世界

プレゼンテーション（Presentation／表象・直覚）

夢を見た。

授業中である。心中とても慌てている。なにやら発表（Present）しなければならないらしい。格好わるいことに、教室の後ろにぺたんと腰をおろしている。そしてなにやら自分の持ち物をあさっている。目の前にはノートやら何やら書きこんだ紙の山がある。周りに言葉が飛散している。どうやら、それらの中から発表するために用意していた資料を探しているらしいが、見つからない。何に関して発表しようとしていたのかさえ記憶から抜け落ちている。

言葉が見つからない。

完璧に準備していたはずなのに、準備していた言葉が消えている。頭のなかも空っぽである。さて、どうしようかと、前の教壇で発表している生徒を見ると、あと二、三の生徒を残すのみと発表の順番が迫っている。ますますパニックにおちいる。そしたら、突然、尿意をもよおしてきた。えい、ままよ、どうにかなるだろうと、トイレに走る。

トイレからもどると、クラスは終わっていた。教室から出ようとしている二人の教師をあわてて捕まえて、自分は落第点をとるのかと尋ねる。一人の「ノー」という返事に一応ほっとする。一人教室に残り、さきほど鞄から床にばらまいた言葉を片付けはじめるが、なぜかいつまでも終わらない。次の授業に出なければならないのにと、あせればあせるほど言葉の残骸はふえていく。床の上をはいつくばっていると、別の教師がもどってきて、目の前にピアノ曲の譜面の束をさしだした。これを弾いたらプレゼンテーションのかわりに及第点をあげようと言う。言葉の代わりに音楽というわけか。一曲でいいのかと尋ねると、いや全部だと言う。

「そ、そんな暇はない、私は書かなければならないから」

と、何を書かなければならないのだろうかと自問しながら、答えていた。

「君はいったい、書くための言葉をもっているのかね」

と、頭のほうから、最初の教師の声がおちてきた。

「えっ？　言葉、言葉！　探しに行かなければなりません」

「探しに行くって、どこへ？」

「言葉の森です」

と、上をあおいだところで、目が覚めた。

歳を重ねたせいか、こんな表象的な夢をよく見るようになった。夢は脳のなせる業、つまり脳の持主の潜在意識であろう。そこに、老這子は何を直覚するのか？
現《うつつ》と夢とのはざまを行ったり来たり生きよ……かも。

意識

カササギから謝意を受けたことがある。謝意かどうかは老這子の思い込みかもしれないが、思い込みは思い込む人間の主観だとしても自由な精神（意識）活動である。他者に迷惑をかけないという条件付きではあるが。

それは浅間山麓の家でのことである。そのときは雪深い冬を避けての春から秋までの滞在だった。春になり、その家を訪れたとき、ワトソンの手引きで、外と内とを隔てている通路の一番奥の床にじっとしている黒と白の大きめの鳥を見つけた。カササギであろうと思った。外窓の上に隙間があり、たまたま入りこんで、出ようと窓ガラスにぶつかってパニックに陥る小鳥を外に出してやることはよくあったが、カササギは初めてだった。窓を開けて逃がしてあげようと近づいても動かない。飛び立てられないほど弱っているのだろうか、どこか傷ついているのだろうかと、両の掌で包みあげると、翼をばたつかせる。どうやら怪我はしていないようである。飛べないことはないだろうと、窓を開け、掌を広げて自由にしてやると、飛ぶ力は残っていたのだろう、飛び立っていった。

そんなことがあった次の日か、森の小径を歩いていると、黒地に白の美しい大きな翼が頭上をかすめた。その飛翔が一度だけで飛び去ったのなら、それがカササギだとは気がつかなかっただろう。しかし、それは老這子の頭上を行ったり来たりと飛んだ。大きな翼を広げたその飛翔姿は、下から見ると、黒地に白が際立ってなんとも美しい。何故に行ったり来たりしているのだろうか、もしかしてあのカササギなのだろうか、そんなまさか、などと思っていると、そのカササギは、老這子が歩く道のほうに伸びた小枝に停まった。老這子が近づいて見上げても逃げない。本当にあの子なんだと、思わず語りかけていた。

「大丈夫そうで良かった。良かった、良かった」

その言葉が合図であるかのように、カササギは飛び去って行った。

老這子には鳥の個体を見きわめる認識力はないが、カササギには人間の個体を見極める認識力があるのかもしれない。後に某科学雑誌で読んだのだが、カササギはミラーテストをクリアしているという。これは鏡に映った自分を自分だと認識する能力である。

その後も、木々のあいだにカササギの飛翔姿を未練がましく探したのだが二度と見ることはなかった。そもそもカササギは高地の鳥ではない。標高一三〇〇メートルで出会ったこと自体が奇跡のようなものかもしれない。

時は更にさかのぼり、老這子がまだ這子のころである。おいしいものを食べさせる店があるからと連れていかれた。店の外まで順番待ちの人があふれていた。どんな料理が出てくるのかは、順番がきて、テーブルの上にそれが出てくるまで知らされていなかった。料理は烏賊の活造りであった。透明に輝く烏賊の身を一切れ、箸でもちあげて口に入れようとしたそのときである、這子は見た。いや、見られていたと言うべきだろう。それは、いままさに食べようとしている烏賊の視線である。大きな黒い二つの眼をギョロと動かして、宙に浮いた己の切り身の行方を、這子の口のなかに入ろうとしているその過程を追っていたのである。這子は仰天した。たちまちにして食欲を失い、その一切れをそっともとにもどした。

烏賊の脳組織と身体とのつくりがどのようになっているのか知らない。しかし眼を動かせるということは、烏賊の脳組織は生きているということになる。人間のような複雑な意識ではないとしても、彼等も基本的な意識をもっているはずである。そのなかでも食う、食われるは捕食動物の意識がもつ基本中の基本のはずである。

どんな生きものでも、脳組織が完全に死んで、意識がないのであれば、自分の身体に起こっていることは知りようがない。切り刻まれていようと、焼かれていようと、食べられていようと、痛くもかゆくもない。もちろん悲しくも恨めしくもない。

しかし、脳が生きていて、自分の肉片が他の捕食者の口へと一切れずつ消えていくそのさまを見る、つまり意識するとしたら、どうだろうか。すでに切り離されているわけだから痛みは感じないかもしれない（いや、それさえも判らない）が、我が身が食べられているその一瞬一瞬を目撃する状況は、たとえ烏賊であっても地獄絵であろう。

烏賊のような頭足類には自分の身体が食べられているという意識はないという見解もあるかもしれない。そういう考え方に対して特別に異論を唱える気はさらさらない。老這子も食物連鎖の頂点に位置する人間の一人である。他の生物の命をもらって生きている以上、きれいごとを言おうとは思わない。ただ、烏賊の眼から「おまえ、それを食べるのか？」と問われているようで、如何にも恐く、箸を置いたのだった。

烏賊の眼に睨まれたときよりもさらに遡ること、タコに噛まれたことがある。二十歳のときの一人旅、山陰のどこか海岸線をぶらぶらと歩いていたとき、足もとの波打ち際を小さなタコが波にゆられているのを見た。行きつ戻りつする小波とさも遊んでいるようなその姿がなんとも愛らしく、タコの身体ってどうなっているのぐらいの興味で、這子は右手をのばして難なくそのタコを掴んだのである。

その行為は若かった這子にとって遊びで、捕獲という意図はさらさらなかったが、タコにとっては違った。捕まってなるものか、食べられてなるものかと、反撃してきたのである。相手はしなやかに動く脚を十本も持つタコである。それらを絶妙に動かし、一瞬にして這子の右の掌を占領した。その絶妙な動きは人間の眼には分からない。分かったのは、掌の中央に結構な痛みが突然走ったことである。噛まれたのである。あわてて左手でタコをはがそうとしたが、ときすでに遅く、十本の脚の吸盤で掌にピッタと吸いつかれている。ようやくひとつの脚をはがし、次の脚をはがそうとすると、先にはがした脚がすでに吸いついている。思いっきり手をふっても、はがれるどころではなく、ますます強く噛んでくる。小さなほんとうに小さなタコ一匹なのに、どうにもならない苛立ちと、手を出してしまった後悔。無意識にしろ、小ダコ一匹を侮った天罰である。

さて、若かった這子がどうやってこの窮地から逃れたのか。ものごとの基本を考えれば解決策は見えてくる。小ダコの身になれば状況が見えてくる。突然、海中から空中に引っぱりあげられた小ダコがとるのは、当然ながら引っぱりあげた人間の手との闘争である。小ダコから闘争心をとるためには、右手を海の中に浸けて、小ダコを海の中に解放することだと、二十歳だった這子が気づいたかどうか、もうはっきりとした記憶はないが、とにかく、右往左往したあげく、そうしたのではなかろうか。

最近の説によると、タコには意識があり、人間の顔を一人ひとり認識する能力があるという。だとしたら、小さいタコゆえに眼の存在には気づかなかった這子だったが、タコのほうは這子の狼狽ぶりを見て、「してやった！」と、しばらくのあいだ面白がっていたに違いないと、今になって思う。そんなこんなの主観的経験と、タコがビンの蓋を器用に開けて中のものを食べる実験模様をテレビで見たことも手伝って、老這子のタコへの畏敬の念は強い。

たとえ人間以外の生き物でも意識が意識を強く意識するとき何かが生起する。たとえば苦痛、たとえば歓喜……、そう、たとえば侮蔑、たしかに、あのときの烏賊の眼は、その烏賊の身体の一部を箸で摘まんだ這子への侮蔑だった。小ダコの猛反撃も、カササギの低空飛行も、生起された意識ゆえの行動である。カササギは認識力が優れた鳥である、感謝という意識を持っているかどうは別として、少なくとも老這子に向かっての何らかの意思表示をしてから去りたかったのだろうと思っても、いいのではなかろうか。

どんな生命体であろうと、生きるために何らかの認知・認識能力をそなえているゆえに、それなりの意識（自我という心）はもっている。これは、この物語（言葉の森）の底を流れる老這子の世界観である。

言葉を超えて彼らの意識を意識したとき、老這子は同じ生き物として生きていることを強く意識する。ささやかだが確実な歓喜の波動を身の内に覚える時でもある。

異種but同質

生きるためにエネルギーを消費する。その消費後の残骸がゴミである。おのれ自身もいずれ異臭を放つ残骸になるが、生きている以上毎日残骸を生産することになる。ゴミの所有者はおのずとそのゴミの生産者だが、誰も所有権を主張せず、捨てる。老這子もその例外ではない。ゴミ収集車が町内のゴミ集積地にやってくるのは月曜日と木曜日、時間は多少のずれはあるものの、判を押したように八時半にやってくる。まさに、我がゴミが置いてきぼりをくらわないように、老這子にとって、一分一秒を争うときである。

多少はなしは飛ぶが、いや大いに飛ぶ、昔からバスに乗るのは苦手である。というよりもバスと相性が悪いと言ったほうがいい。まともに乗れたためしがない。息をきらして停留所にたどり着けば、排気ガスを胸いっぱい吸わされながらバスのお尻を見送るはめになったり、それではと、早めに行けば、いっこうにバスは来なかったりという具合である。最悪だったのは、定刻よりも五分ぐらい早めに停留所に着いたにもかかわらず、炎天下を三十分以上も待たされたときだった。遅れる理由として、バイパス道路はスムーズに動いていたから渋滞は考えられなかった。だから、その時刻のバスは特別に早く通り過ぎてしまったのだろうと勝手に想像して、次の停留所まで歩きはじめた。そしたら、しばらくして、後ろから同じ目的地のバスが二台つづけてやってきた。異常に遅れたおまえが悪い、止まれ、乗せろ！と右手を勢いよくあげた。一般道路ではないバイパス道路の脇を歩く人間なんてそうざらにいるわけではない。運転手に見えなかったわけはないのに、先端のバスは加速してエンジン音もけたたましく通過し、二台目もそれに続いた。埃や排気ガスのまじった熱風を二台分くらって呆然と立ちつくす哀れな中年女。まあそんな光景だった。停留所を離れた判断も甘かったかもしれないが、一台目の異常な遅延と二台目の異常な定刻が重なった、他者から見たら事件と呼ぶほどもない、しかし当人にしてみれば完璧な事件だった。なにしろ、面接の約束を完全にほかしたのであるから。そのほかしが結果的に良かったのか悪かったのか、後の人生にどう関わったのか分からない。ただ印象に残るのは、埃と排気ガスから視界があけたとき、不思議な光景がひろがっていたことである。道路の向かい側の草むらに集まっている猫たちの光景である。ゆうに十数匹、いや、それは如何にもオーバーだろう、とにかく、集団猫たちは、そろってこちらを向いていたから、もうもうとけむる排気ガスの中から現れる一人の人間の雌を見ていたことになる。まあ、そのとき彼らに面接されていたのかもしれないと思えば愉快である。何のための面接かって？　あんな所に人間の雌がいる。あれは我々猫族の敵か味方か、異種者の猫性をさぐるためというところか。ずいぶん昔、三十代後半のときの話である。

タイミングよくバスに乗れた記憶は今までの生涯でほんの数回しかない。あえて確率数値をだせば、外れ値はおそらく七割ぐらいか。バス通学もバス通勤もしたことがなく、バスに乗る回数そのものが少ないから、こんな高率になるとはいえ、とにかく二回に一度以上は惨めな目にあうのだから、バス運は非常に悪いということになる。だったらバスに乗らなければいいわけだが、それでもバスに乗らねばならないときだってある。そんなときはいつも悪い予感をかかえながら停留所に向かうのだが、何故か、その予感はきまって当たってしまう。実際、最後に乗ったのが昨年の秋で、定刻よりも十分も早く行ったのに、そのときもたしか三十分以上もバスはこなかった。しかもそのバスは駅からの始発で、バス案内所の女性職員もおかしいということで、あちらこちらと連絡をとっていたようだが、結局、真相なるものをはっきりさせないまま、別のバスが用意されたのだった。乗客のなかにバス運のない老這子が乗ることを予め知っていたのではなかろうかと、秘かに勘繰ったものである。バスの到着を待つ時間ほど長く感じられることはない。そのときの時間の損失は合計四十分ぐらいだったが、まるまる半日ぐらい損した気分になる。時間にもてあそばれるのは好きではない。特に一分一秒という微量な時間にもてあそばれるのは嫌いである。微量であっても一旦もてあそばれると、時間の損失感に限界がなくなる。明日死ぬとしても、コントロール可能な時間が残っているのならそれでいい。そのときまでは自由に使えるからだ。コントロール不可能な時間なんて一分一秒でもまっぴらである。とはいうものの、コントロール可能な時間なんて存在しない。これが現実である。

この嫌悪すべき一分一秒が週に二回起こる。わが町内のゴミ集積所に到着するゴミ収集車の定刻である。これに遅れると、ゴミ袋を抱えた老這子は轟音と排気ガスを浴びせられて立ちつくすことになり、あのとき猫たちから査定されたときのような気分になる。だからゴミ収集車がやってくる朝は目覚ましアラーム起床を行うことにしていたのだが……。

その集積所の付近で、最近、カラスの姿をよく見るようになった。都会などではゴミをあさるカラスのはなしは聞いてはいたが、わが町内のゴミ集積所にもいよいよカラスが訪れるようになった。まあ、人間が付近の山を切りひらき、彼らの居住地を侵略しているのだから、道理である。生きているかぎり食せねばならないことは、カラスだって同じである。ゴミ集積所をあさったほうが労は少ないにきまっている。老這子だってカラスだったら同じことをする。

一般的嗜好として、醜くて狡猾だから彼らは嫌われる。逆に、彼等は美しい漆黒の羽根と賢い頭脳をもった尊敬されるべき存在だという少数派的嗜好もある。老這子の嗜好は少数派に属する。小さな二本の脚で、黒い大きな身体を左右に揺らしてよたりながら歩く姿は実に人間っぽいと思う。いや、違う、老這子がカラスだったら、こう言うであろう。「人間っぽいだって？　それは人間独自の主観的言葉だな、そもそも人間は飛べないんだから、人間はカラスっぽくもなれないっていうのにさ」と。

カラス好きだからか、それともカラスと同質だからか、彼らの世界を少しだけ覗かせてもらうことがある。一つ目は米国留学中のことである。学期と学期とのあいだには長い休みがある。ポンコツ車を走らせてよく旅をした。どこをどう走ったのかよく憶えていないが、グランドキャニオンやデスバレーを巡ったときである。そのあたりはほとんどが砂漠地帯である。どこまでも延びる道路を一日の大半は走ることになる。レストエリア（rest・area）に車を止めて、用をたしたついでに、持参したパンとジュースぐらいで軽く食事をする。どこのレストエリアか忘れたが、一羽のカラスが例の歩き方で近づいてきたので、パンの半分を投げてやった。すぐには飛びつかなかったので、パンには興味がないのかなと思ったが、運転を再開するためにポンコツ車にもどったとき、パンをつっついているカラスの姿がバックミラーに映っていた。そして、また延々と続く乾いた道路を走る。どれくらいか走ったとき、雲一つない上空に、浮いているのか飛んでいるのか、黒い染みのようなものが動いていることに気づく。さっきのカラスではないだろうかと思った。どうやら追ってきているようである。岩と砂だけという砂漠である。上空から下を見るに視界をさえぎるものはなく、他の車と行き交うこともめったにないから、見間違うこともない。飛べるカラスにとって地上の標的を目で追うことぐらいしごく簡単である。しかも、あたりは勝手知ったる彼らの居住地、道路がどう走っているかぐらいは先刻承知。なにも車の後ろを追わなくても、最短距離を飛翔すればいいだけのことだ。彼らにとってはひとっ飛びであろう。そこで、その黒いものがほんとうにあのカラスなのかどうか確かめるために、しばらく走ったところで車を路上に止めた。車から降りて二〜三歩も歩くと、その足もとの二〜三メートル先に一羽のカラスが降り立った。

もう一つは帰国してから後の再度の渡米、サンフランシスコに十二月の末から三月末まで滞在したときのことである。サンフランシスコ湾の入り江に〈AT&Tパーク〉がある。そことキング通りとのあいだにある野球場は巨大なグローブとコーラ瓶のモニュメントで有名である。海岸線にそって散歩道が整備され、犬と散歩する人、ジョギングする人、カモメと遊ぶ人等々、そんな安穏な光景が好きで、よくそこを散歩した。冬だというのに海は穏やかで風も暖かく、入り江だからだろうが、滞在中海が荒れているのを見たことがない。

　カラス二羽出演による旅ガラス劇を観劇したのは、そんなある日の夕刻、散歩からの帰り道である。観客は老這子一人だけ。舞台は電線上。観客が一人もいないのは如何にも演じがいがなかったとみえて、老這子が電線の下を通るのを待って、緞帳があがった。二羽のカラスが飛んできて電線上に並んで止まるところから舞台は始まった。まずは、交互に大きな頭を前に突きだし、ときに羽根を広げて言い争う。彼らには彼らの言葉があるのだろうが、完全な無声劇である。したがってシナリオは一つではない。しかし、ここでは、とりあえず、次のようにしておいた。

「おい年寄りの、おまえ、見かけねえやつだが、どこから来たカー？」

　と、カラスA。

「へー、おひかえなすって、てまえ生国は……えーと、最近ボケがすすみやして、忘れやしたガー」

　と、カラスB。

「流れものが大きな面したらいけねえなあ、年寄りだからって大目に見てもらえるわけではねえぞ。組に入るか、それとも飛び去るか、ってえはなしよ。去るなら早いほうがいい、組の奴らが気づかねえうちに」

「へえ、分かっておりやすが、旅立つにしても、先立つものが……」

「なにい、お足がねえとは言わせないぜ、そこの二脚は足でねえがカー」

と、カラスAがカラスBを電線から落とそうと足蹴りをいれる。それを何とかもちこたえるカラスB。

「お足はお足でも、このお脚ではねえがすガー」

「分かっておるわい。いいか逃げるんじゃあねえぞ、今足腰の強い組衆をつれてくるから、待ってろカー」

と、カラスA飛び去り、緞帳が下がる。

そのあと聞こえてきたのは、たった一人の観客の野次。いいぞ、いいぞ、そこの年寄りガラス、組衆になんて負けるな、ここに老這子あり、ってなもんだ。

このカラス劇を見てから、老這子のカラスへの同質愛は並々ならぬものになった。身勝手で意地悪なところをもちあわせているのがいい。まあ、欲と見栄があるぶん人間のほうがきたないが。

ゴミ集積所の前に一羽のカラスがうろついていた。近づくと、飛びあがり、電線の上から下の様子を見ている。「カラスには困っている」と、ゴミ袋をもってきた近所の住人が言う。住むところを奪われて困っているのはカラスのほうなのでは、と返すのをやめて、簡単な囲いものを作ったらとは答えておいた。

ゴミ出しから帰り、といっても集積所は自宅から一分も歩かない場所なのだが、我が敷地に入ろうとすると、隣の玄関先の方向に、伸びほうだいの草のなかに花ではなさそうな赤いものが視界に入った。顔をそちらのほうに向けると、隣家のC老人である。手を振っている。手入れがゆきとどくなった庭に出てきては、ときどき、そうやって玄関先の石畳にまえかがみにしゃがんでいる姿をよく見るようになった。近づくと、「会えてうれしい」という言葉を二回くりかえして、立ちあがってきた。花と見えたものは老人の赤い半袖のTシャツだった。

手を差しのべてきて、ぼけちゃってね、と言う。

その手を両手で包んで、ぼけていなくても呆けた人間ばかりだよ、私もそのなかの一人だよ、と返す。意味を理解してもらうまえに、耳も遠いから、聞こえているかどうか分からない。しかし、丁重に接したい。その老人は亡き父と退屈な日々をともに遊んでくれた隣人である。我儘で頑固で癇癪持ちの父の悪口はいっぱいあるだろうけれど、彼から一度も聞いたことはない。悪口を言わない穏やかな人である。

穏やかに呆けてゆく。私もそうありたいと、老這子は思う。今住むこの家は四十年前に母が建て、母の死後父が一人で住んでいた家である。父の死と米国留学からの帰国が重なり、それ以後この家に住んでいる。自分の家に住むのだから何も問題はなかろうと思っていたら、そうはいかなかった。

今は組に入らなくてもよくなってます、という市役所住民課の言葉どおり、組には入らずにいた。そんなめんどうくさいものに入らなくてすむなら、それにこしたことはない。ところが、世間はそんなに甘くなかった。老這子は不審者として見なされていたのである。某組衆が、よそ者ババアが組のゴミ集積所にゴミを捨てていやす、と組頭にご注進をしたのであろう。市民であっても組衆でなければ、ゴミ集積所は使用できない。何しろ組衆には掃除当番という使役が課される。使役なしにゴミ集積所は使えないというわけだ。

まあ、掃除をするぐらいは何ともないけれど、あらためて組衆になる面倒よりも不審者（よそ者／流れ者）でいたほうがいいかと思った。まあ、カラスBのように足蹴にはされないだろうが、週二回のゴミ出しは止めた。できるだけゴミは出さないように工夫したおかげで老這子によるゴミのエコ革命がなった。二〜三か月に一回ぐらい、車で五分ぐらいの市のごみ焼却場に運べばいいだけである。くわえて、おまけがあった。それは一分一秒の定刻呪縛からの脱出である。アラーム起床もしなくてすむ。

それからしばらくして、ゴミ集積所に見るからに排撃的ないかついものが建った。鋼鉄製の骨組みでできた人間数人が立って入れるぐらいの大きな扉つきの枠箱である。そこで思い出したのが、米国の小さな町の中央にあったモニュメントとして残されていた小さな木製の刑務所である。その刑務所には屋根と小さな鉄枠の窓がついていたが、鋼鉄製のゴミ独房には無機質の冷たさしかない。まるで、そこに半永久的に居座ると主張しているかのような怪しさである。無月の夜、ゴミ独房から鋼鉄の脚が二本伸びて組じゅうを歩きまわる。見たことはないが、夜の闇に響くぶつかりあう鋼鉄の音を、老這子の妄想癖は聞く。

組衆でなくてよかったと老這子はつくづく思った。なによりもその怪物に近づかなくてすむ。当番制でまわってくるゴミ収集後の掃除という使役をもしなくてすむから、そのなかに入らなくてすむ。年相応に呆けてきた老這子である、何かの拍子にその独房に閉じ込められるなんてこともありえるからである。

その怪物が建ってすぐの月曜日か、木曜日か、ゴミ収集日の朝のことである。気がつくと、太陽光を利用して生ごみを乾燥させようと南側のフェンスにぶらさげておいた網袋の下に穴が開けられ、卵の殻が下に落ちていた。おそらくカラスの仕業であろう。ゴミをあされずにイラッとしたカラスが鋼鉄を突っつく代わりに、老這子の網袋を突っついて行ったのであろう。

カラスと老這子、互いに異種であるが、ゴミ集積所から排斥されたもの同士、よそ者とみなされたもの同士としては同質、ゴミ同様の嫌われもの同士である。嫌われもの同士仲良くしようや。言葉を共有しないもの同士の連帯感がうまれたなんてね……言葉にすれば陳腐だが、言葉にならないから愉快なのである。例えば、「突っついて壊せるものならねえ……あんな怪物」と言葉に出してしまえば、共同謀議の罪で、老這子とカラス、あの鋼鉄の化けのもののなかに拘置されてしまう。

協和音

家の付近─半径何キロか知らないが─を野良の黒猫がテリトリーにしていることは分

かっていた。かつてワトソンが、窓の外を歩く姿をジジと見まちがえた黒猫でもある。顔が小さいから雌だろうとはふんでいた。

春の温もりにホッとするころ、痩せて小さく色つやが悪いキジ猫の子猫が家の裏庭にあらわれるようになった。毛模様はキジの範疇には違いないが、茶よりも黒のほうが全体を占めていて、どう表現したらいいか、顔から尻尾の先まで、できそこないの大島紬のような感じ、とはいえ高級感など微塵もなく、世辞にも美しいとは言えない。栄養が足りていないのだろう、まだ子猫だとしても、身長があるわりに痩せている。老這子がその猫に抱くイメージはイタチということで、その子猫を「イタ」と呼ぶことにした。

腰骨が浮き出て、痛々しい痩せ具合が気の毒で、野良猫に給餌することは法度ではあるが、老這子は裏庭の縁先の下にジジの食べ残しを置いてやった。そのうちに、ここに来れば食べ物にありつけられると学んだのだろう、一日に一回はあらわれて用意されているものをむさぼり食べるようになり、用意されていないときは、ちょうだいと言わんばかりに、外から身をのりだし、掃き出し窓のなかに老這子の姿を探す。とはいえ、習性は根っからの野良さんである。待っているのは食べ物であり老這子ではない。食べ物を持って外に出ると遠ざかり、老這子が家のなかに入るのを見て、置かれたものを食べにくる。

ある日、イタが餌皿のなかのキャットフードに夢中になっていたとき、その敷地に続く斜面の下のほう、木の根元に隠れるように腰をおろし、こちらをじっと見あげている黒猫がいた。冒頭に書いた黒猫である。もしかしてと老這子は思い、しばらく様子を見ることにした。すると、食べ終わったイタ、ゆっくりと斜面をおりていき、黒猫に近づき鼻挨拶をする。そして連れだってそこを立ち去ったのである。それからも、そんなことが三回ぐらいあって、あの黒猫はイタの母親に違いないという確信にいたった。

ときを前後して、家の裏庭を通りすぎていく黒と白の大きな猫を見かけるようになった。今まで見たことがない猫である。何をするでもなく、悠々とした態でただ通りすぎてゆく。野良なのかどこかの飼猫なのか、どちらにしても野良にしては毛並が美しい。「ねえ、ねえ、そこの猫さん」と呼びかけると、立ち止まりついでに振り向くが、用事がないなら呼びとめるなという態で立ち去る。そんな後姿を見ながら、老這子は思った。あの猫、もしかしてイタの父親かもしれないと。黒白の猫と黒猫とのDNAを受けついだのなら、イタの毛模様もありだからである。

不思議なもので、野良猫のことなどどうでもいいようなものの、イタが姿を見せないと、自動車事故にでもあったのではなかろうかといろいろ心配し、あらわれて無事でよかったと胸をなでおろす。そんな日々があって、あるときから、近所の半野良猫（「識別」にも登場する近所のボス猫）が食事中のイタを襲い、追いかけまわすようになった。実は、この猫、見た目は野良だが、身分は近所の飼猫である。他家の庭で屎尿をしたり、人の車の上で昼寝をしたりと、自由気ままに人（猫）生を謳歌している。実は、どこかで書いたかもしれないが、ある夏の日、このボス猫、図々しくも網戸を壊して老這子の家に侵入し、ワトソンと四つ組みで戦ったことがある。すごい鳴声に何事かいなと駆けつけた老這子の足もとをすりぬけて二階に逃げるジジをしりめに、老這子の視界にとびこんできた光景は、ボス猫の頭を前脚で押さえ、後脚でけりを入れるワトソンの勇姿であった。もちろん、このボス猫、老這子の出現で、自ら壊した網戸から退散したことはいうまでもない。自分の縄張りを主張するためには他家に押し入ったぐらいであるから、まして、どこの馬の骨か分からないイタの出現は許しがたいということだろう。

人間世界なら、やめろと咎めることもできるが、猫世界の場合、咎めるために老這子が外に出ると、イタも逃げるから、イタがボスから追いかけられることは同じである。斜面の先は二メートルぐらいの段差で道路になっている。住宅地の行き止まりにある狭い道路とはいえ、ときには自動車が走る。ボス猫に追いかけられたイタが斜面をくだり、無我夢中で道路に下りたとき、自動車と鉢合わせする悲劇が生じないとはかぎらない。

そんな光景を、はらはらしながら見ていた次の日か、その次の日である。イタが黒白の猫と連れだってやってきた。縁側にそって黒白の猫が先に歩き、餌皿を通りすぎ、その後を歩くイタが餌皿に口をつけて食べだした。黒白の猫はそのまま歩きつづけ、掃き出しの窓から見えなくなったので、行ってしまったのかなと、老這子が違う窓からのぞいたら、隣庭の草陰に潜んでいた。

そして事件がおきた。

ボス猫があらわれ、いつものように、イタを襲おうとした、その瞬間、そのボス猫を後ろから襲うものが現れた。黒白の猫である。イタを襲うことに集中していたボス猫は自分が襲われることなど微塵も予想していなかったのだろう、優勢は黒白の猫にあった。奇襲をかけられて斜面を転げ落ちるように逃げるボス猫と、それを追いかける黒白の猫、そして、二匹の姿は老這子の視界から消えた。そんなあっというまの光景だった。

愛・悲哀・怒り等の感情は人間だけのものではないことぐらい百も承知していた老這子だが、感心したのは言葉を持たない彼らの伝達能力だった。人間なら言葉という便利なものがある。たとえば……、「ねえ、ねえ、お父さん、僕、いじめにあっているんだ」「そうか、そりゃあ、二度とおまえをいじめないように、いっちょ、痛い目にあわせてやるか」等である。

言葉は人間だけに与えられたデバイス（device）だと、人間は思いこんでいるが、そうではないかもしれない。人間の言葉のような複雑な機能はないが、伝達しあうデバイスはもっているのだろう。まあ、人間から見れば、この能力を超能力と呼ぶのかもしれないが、親が子を思うときに発露する協和音のようなものかもしれない。

その後もイタの成長を見とどけたかった老這子だが、それができない事情があった。転居である。老這子がその家を去る前の二か月ぐらいのあいだに見せてくれたイタ家族の光景だった。

不協和音

ある朝、近所に住む、老這子より二〜三歳若い婦人が、老這子の姿をみとめると近づいてきた。良家と言われる大きな家に嫁いできて以来そこに住むその婦人は、このあたりの住人に関してすべてを把握しているようで、もちろん、老這子の死んだ両親についても詳しいようだった。どこに住んでも、そういう知識にはうとかった老這子は彼女の持つ情報量の多さに畏敬の念を多少なりとも抱いていた。

「おはようございます」

朝の挨拶を交わしたのち、婦人が言った。

「入ったほうがいいですよ」

「はあ、何にですか？」

「組です。入ったほうがいいですよ。ご両親がお世話になったのだから」と婦人。

「えっ、世話って？　どういう意味ですか？」

二十数年前に死んだ母も、十年前に死んだ父も、組の人たちに特別に迷惑をかけたはなしは聞いていない。そもそも組とは互助の精神で成りたっているのではないのか。

「逃げたじゃあないですか」

言葉が棘をもちはじめる。

「逃げたって、誰が何から逃げたのですか？」

「組長の役からですよ。Dさんもですよ」

婦人がDと兄の下の名前を呼んだことに、人の名前を憶えるのが苦手で、しかも忘れやすい老這子は面食らう。兄夫婦がこの家に住んでいたのは四十年も前のことである。しかも二〜三年しか住んでいない。言葉の棘具合で、兄夫婦が嫌われていたことは察しがつくが、それにしても「逃げる」という言葉がひっかかる。

「ここにずうっと住むかどうか分かりませんので、すみませんが、考えさせてください」

とだけ言って、老這子自身、その会話から逃げた。


老這子が今住むこの家は母が建てたものだが、初めて住んだのは兄夫婦だった。訳あって兄夫婦は引っ越したが、けして組長役を逃れるために引っ越したわけではない。ちなみに、組長役から逃れるためだけに引っ越す人がいるだろうか。兄夫婦が引っ越したのち両親が移り住み、二人とも死ぬまでここに住んだ。晩年の母が関節リウマチを病んでいたことから、一度ぐらいは組長役を免除してもらったかもしれないが、母が死んだ後、父が何かの役をやったという話は聞いている。たしか老人会の役だったような。しかし組長に関しては、使役を果たしたのか、それとも免除されたかについては聞いていない。

そんなことがあってからは、婦人の姿を見ても、老這子のほうから、あえて話しかけることはなかったが、婦人のほうはたびたび話しかけてきた。

ある日の午後、帰ってきた老這子が家の庭に車を駐車し終えて、車から外に出たら、待ってたように婦人が近づいてきて、言った。

「今朝、このへんを歩いている黒猫を見ましたが、お宅の黒猫ではないですか?」

「うちのは臆病ですから絶対に外には出ません。他の猫でしょう」と老這子。

「でも、とても似てましたよ」と婦人。

「このあたりを歩いている野良の黒猫を、私もよく見かけますから。おそらく、その猫でしょう。黒猫って全身が真黒だから、遠目には区別がつきにくいです」

そういえばと、老這子は思い出していた。ワトソンもその黒猫をジジと見まちがえたことがあったことを。あるとき、窓枠に座って外を見ていたワトソンが、家のなかのジジを確認するかのように振りかえり、そしてまた外を見る。その動作を二〜三回くりかえしたから、もしかしてと、老這子もワトソンの横から外を見た。やはり、あんのじょうワトソンの視線の向こうには家の前の道路をゆうゆう歩いている黒猫(イタの母猫)がいた。

「でも、よく似てましたよ。やはり、お宅の猫ですよ」

と、婦人は断言する。

だったら何だって言うのだろうか、無責任な飼い方をするなということか、それとも心配してのことか、言葉の真意が分からない。

　家を構え一か所に四〜五十年も住んでいると、その地域の歴史と住民の出入りや家族構成まで知り尽くした言わば地域の生き字引的存在になるのだろう。だから、新参者である老這子の一挙手一投足、飼猫のそれまでもが、婦人のもとに注進が届いているのだろうか。

「お宅の猫です」

「いや違います」

「やっぱりお宅の猫です」

　野良か、飼猫か、はたまた泥棒猫か……どちらにしても猫だって道路を歩く権利はあるだろうが、組に入っていないよそ者の飼猫が、組の管轄する道路を歩いていた。そういうことならば、固執してくる婦人の意図が見えなくもない。

　もう、そろそろ、歩いていた、いないの、どうだっていい話から逃れたいと老這子は言葉を探す。

「そうそう、そうでした、うちの猫は時空を飛べるんでした。飛んでいるのを見られちゃったかもね、見ましたか?」

婦人は目を丸くして首を横にふる。

「それはよかった。ジジも人間に見られたら困るでしょうから。もう家に戻っているはずですよ。ほら、家のなかから私を呼んでいます。聞こえましたか、ジジの呼び声が？」

婦人は目を丸くして、再度首をふった。

このへんでいいだろうと、

「ジジが呼んでいますので、では、また」

と、老這子はその場から逃げる。


別の日のことである。道路の方へ勢いよく伸びる百日紅の枝を切っていた。死んだ母は百日紅が好きで、念願の自分の家を建てたとき、この木を植えたのだった。何故母は百日紅が好きだったのか、その理由を訊いたことはないが、母の生き方を見てきた老這子にはそれとなく分かる。なにせ夏の暑い盛りに百日も豪華な花を咲かせ続ける絢爛を誇るめげない木である。そんな強さが好きだったのだろう。

老這子をめざとく見つけた婦人がやってきた。

「今、伐ってもいいのですか、それ？　お母さんが好きだった木ですよね」と婦人。

死んだ母も婦人からこのように話しかけられ、いろいろ話したのだろう。婦人はこちらの事情をよく知っているようである。両親のこと、兄夫婦のこと。しかし、新参者の老這子に関しての情報は限られている。母が生きていた二十数年前頃までで、離婚後の老這子の情報は知らないはずである。老這子も話す気はない。

「剪定時期は知らないけれど、道路に出ている枝だけは迷惑になるから切らないと」

それには、婦人答えず、話題を変えてきた。

「最近、Cさん、見ないけれど、元気ですか?」

ああ、それを知りたかったのか、しかし自分は情報源にはなりえないのにと思う。Cさんとは老這子の隣人老人である。息子と暮らしている。

「元気だと思いますが、今日はたしかデイケアに行って不在じゃあないかしら。ところで、お宅のおばあちゃんこそ、さっぱり見かけませんが、お元気ですか?」

と話題の転換をはかる。

「元気ですよ。Cさんとこ、あそこだけ下草がきれいになっているけれど、何故かしら?」

と、婦人、自分の家の事情から話題をそらす。

あそこと婦人が指さしたところを見ると、たしかに歩けるぐらいには下草がない。C宅の庭はC老人が植えた各種かんきつ類の木々で賑やか過ぎるほど賑やかだが、同様に、背高い下草も歩けないほどに賑やかである。その藪のなかに小道のようなものができている。しかし、婦人は何故にその理由を知りたいのか。他家のことが老這子に分かるわけがない。

「さあ、どうしてでしょうね。そういえば……」と、老這子。

「そういえば？」

「お弁当屋さんが、お弁当を裏の方に置いていくのに、そこを歩いているのを見ましたけれど」

「何故、裏に置いて行くんですか？」

何故って問われても、老這子に他家の事情など分かるわけがないし、お弁当屋さんの都合など知るよしもない。しかし、問うてきた婦人の気持を察しないわけでもない。おそらく、婦人は、老這子が垣根越しにC老人と親しげに話す様子を見ているのだろう。だから老這子はC老人のことなら何でも知っているとでも思っているのかもしれない。親しげと言えば、今だって、自分は婦人と親しげに話していると思うのだが、興味の対象が違うと、交わす言葉はこうもちぐはぐになるものなのか。

そういえばと思い出したことがある。いつだったか、暑い盛り、C老人が肥料代わりに生ごみを庭の柑橘類の木々の根元に埋めないでそのまま置き、窓を開けていられないほど匂ったことがあった。おそらく二～三軒先まで匂っていたであろう。ことを荒立てたくない老這子は、いずれその匂いも消えるだろうと、見過ごすことにしていたら、「臭いと近所から苦情がきている。庭に生ごみを撒かないように」とC老人に言ってくれという要望が、婦人から老這子にもたされたことがあった。自分で言えばいいものを、何故に私が?と思ったが、引き受けた。近所という複数的な言葉を出したら、周囲から疎外されたとして、老人が傷つくからである。顔を合わせば穏やかな笑みをみせる彼を傷つけたくない。どう言ったらいいのか考えた。わざわざ訪ねて用件を言うよりも、たまたま庭越しに会ったようにして、世間話のついでのように持ちだすほうがいいだろうと、そうした。「ちょっと匂うから、生ごみの上に土をかぶせようよ、私も手伝うから」と言うと、老人は率直に聞き入れてくれて、ことは穏便に終わった。

「誰それがこう言っていた」という言葉を老這子は嫌悪する。「こう」が良いことなら、いいが、大抵の場合、「こう」は悪口である。「悪く言っているのは私ではなく、誰それよ」という言葉の裏には、自分はあなたのことを「こう」とは思っていないという欺瞞と自分は部外者という偽善が潜む。発語者には悪気はないだろうが、自分を安全圏において他者の口を借りるという意味で、老這子は好きではない。よって、「こう」が誉め言葉のときしか使わないようにしている。誉め言葉の場合は良い効果がある。

会話の主題が他者の噂なら、憶測で話は続けられない。

「知りません、いろいろな事情があるのでしょう」

と答えると、用は終わったのだろう、婦人はそそくさと自分の家に走って戻っていき、老這子は剪定の仕事にもどった。

また、別の日のことである。老這子が出先から車で帰ってくると、四~五軒先の家の前から、手を合わす黒の集団に取りまかれた黒塗りの自動車がまさにお別れのクラクションを鳴らしているところだった。その家にはたしか老夫婦が住んでいたようだから、どちらかが亡くなったのだろう。組に入っていない老這子には何も知らされていない。もともと知らない人たちである。関与しないですむならそれにこしたことはない。早めに車庫入れをすまして家のなかに入りたかったが、老這子の車をめざとく見つけた例の婦人が逃さないという勢いで駆けてきた。そんなに緊急な用件が今あるとも思えないが、老這子は婦人の到着を待った。

「どなたか亡くなられたのですか？」

と訊ねる。息をきらしながら婦人が答えた。

「Eさんのご主人です。Eさんはあなたのお父さんのときもお母さんのときも葬儀委員長をした人ですよ」

と、婦人は小さく首を傾げ、悲しそうな色をみせて、弔意を示さない老這子を咎めるような目で見つめてきた。

何が言いたいのだろうか？　老這子の何が責められているのだろうか？　どんな言葉を言って欲しいのだろうか？　もちろん、同じ町内に住んでいたわけだから、生前の両親が何らかのかたちでお世話になっていたであろうとは思う。しかし、葬儀委員長というのはありえない。〇〇会館で行った父のときは姪夫婦がすべてを、母のときは葬儀屋がすべてをとりしきっていた。

醜女系の老這子とは違い美人系の婦人の顔は今でも十分に美しい。しかしその美しさの奥に何を秘めているのだろうかと、老這子は考えた。傍目には立派な家の幸せな奥様である。傍には分からないが見えない内なる嵐と波に苛まされているのだろうか。

老這子が言葉を返そうとしたとき、婦人の後ろに集まりだした黒集団の一人に「あのう……」と声をかけられた婦人がそれに答えようと後ろを振り返ったところで、老這子は婦人から釈放された。逃げるようにして家に入ると、玄関先にジジが前脚をそろえて座っていた。帰ってきた車の音がしたのに、いつまでも家に入ってこない老這子を心配していたかのように。

それが、老這子が婦人と言葉を交わした最後だった。それから婦人の姿を数回見たかもしれないが、あるときからばったり見なくなり、どうしたのかなと気になりだして数か月後、いやそれ以上経っていたかもしれない、近所の別の人から婦人の訃報がもたらされた。たった二~三行の訃報は組の回覧板でまわされてきたと言う。

そういえばと、立ち話のさい、婦人が言っていた「終活」という言葉を思い出した。それは、老這子が不審者として認定された以前のことである。

「このあたりは坂道ばかりだから、歳とったら不便で……買い物にも困る」

と婦人。それに答えて、

「ほんとうに坂道きついですよね。でも、奥さんは車を運転するし、それにいざとなったら宅配してくれる生協もあるし」と老這子。

「生協なら、もう入っています」

「そうだったんですか」

「そろそろ終活しなければ……と思っています」

「えっ、しゅうかつ、って、終わるための活動ですか？」

「はい」

「そんな、まだお若いし、それに、ご主人もいるし、娘さんもおられる。まかしておけばいいじゃあないですか」

「娘には迷惑かけられません」

「そうでしょうけれど」

その会話の記憶はそこまでである。何か急用を思い出したように婦人が突如立ち去って、その会話は終わったからである。終活しなければならないのは、家族に囲まれたあなたよりもむしろ独り暮らしの自分だと思ったものだが……。

老亘子が婦人のことを家族に囲まれて幸せな人と思っていたように、婦人も老亘子のことを一人で気ままに生きている幸せな人と思っていたのかもしれない。おそらく、誰からも縛られることなく自由に生きている老亘子が許せなかったのだろう。理解したいと思ったことはないが、解らない人だった。だからだろうか、婦人の言葉は老亘子のなかで未消化のまま残っている。


婦人の訃報を聞いてから、一年は経っていなかったと思う、C老人を朝迎えに来るデイケアの車を見なくなって久しく、気になっていたころである。庭で水やりをしていると、帰宅したC老人の息子が車から下りてくるのを見た。黒服である。水やりの手を止めて、黒服の背中に、声をかけた。

「あのう……、お父さんは……」

振り向いた息子は言った。

「父は死にました」

一言も返せない老亘子に頭を下げると、息子は家に入っていった。

死にました……なんとも重たい言葉である。弔意の言葉ですまされない逃げることのできない重い現実がのしかかる。

人間も他の生き物同様に有機物である。死ねばただの物体になり、やがて骨になり土に帰る。まさに消化である。C老人からは「会えてうれしい」という言葉はもう聞けないし、婦人の未消化の言葉はそのまま不協和音として残る。

常識は不変 or 普遍

「こんにちは、よろしくお願いします」

老這子は初対面の中年男に笑顔をむけた。

それには答えず、老這子より十五歳は若いであろう中年男は、老這子を睨みつけてきた。

口角と頬を緩めることは、初対面の人間への一応の礼儀だと、老這子は思っている。私はあなたを噛みませんよという意思表示である。初対面であっても笑顔を受けたたいていの人間は緊張をほどき笑顔を返すが、たまには睨み返す人間だっていないわけではない。

まさに、この中年男がそうだった。

長く生きてきて、二度だけ、睨み返し人間に会ったことがある。猫のヒー（威嚇）と同じで、初対面者に対する威嚇である。より動物に近い本能をもつのかもしれない。

今、老這子の前にいるのが三人目である。過去の二人は女性だった。

頬の筋肉を強張らせ、片目をつりあげながら威圧的に言う。

「この履歴書には写真がありません！」

「はあ、急なものでしたので……」

そもそも、雇われるかどうか分からないのに、重要な個人情報を添付できるか、というのが老這子側の理由だが、急なことで面接用の添付写真を撮る時間がなかったというのも事実であった。

「履歴書に写真を貼るのは常識です！」

と中年男は声をあらだてる。

「はあ」

と、老這子。それはあなたの常識で、私の常識ではないと、声に出さずに言う。

威嚇しても平身低頭しない老這子にますます苛立った中年男は、こんどは両の目をつりあげて言う。

「いったい働きたいのはどこの部所ですか？」

「部所って、募集しているのは客室の掃除係だとうかがっていますが……」

と、老這子。

たかがパート募集じゃないか、あんたもそう思っているだろうが。まさか、フロントとか、企画とか、人事とか、そんな人材の募集でもなかろうが、と思ったが言わない。

「この職歴の書き方は何なのですか！」

採用するかどうかは俺の裁量にかかっているんだと、中年男は声を荒だてることに躊躇しない。

「はあ」

「何年何月から何年何月までと正確な年月を書くのが常識というものでしょう」

「ああ、そのことですか。そりゃあ、そうなんでしょうが、もうずいぶん昔のことなので、正確な年月は忘れてしまっているので、そういう書き方をするほうが、適当に嘘の年月を書くよりも正直だと思いましたので」

そういう書き方とは、「○○医院受付業務兼医療事務を四年」というものである。

それには答えず、叱責ごとを見つけたとばかりに、更に言う。

「医療事務をしたと書いてありますが、資格欄には書いてないですね」

「むかしそんな資格はありませんでした。もう四十年もむかしのことですから、ご存じないのは当然なのですが。医療事務に資格は必要ないということは、まあ昔の常識です」

最近の資格数の氾濫は、独立行政法人をつくって天下りどもに高給を支給するためだってことぐらいは常識。この常識は老這子の内心の言葉。

「では、事業所はどこですか?」

よほどプライドが傷ついたのだろう、眉間にあった二本の縦じわが四本になっている。

「そこに書いてある医院ですよ。だいぶ前に先生は亡くなって、もうその医院はありません」

「では、次に、司法書士補助者とありますが、この司法書士事務所は何処ですか?」

「ああ、それは福岡県です。三十年以上も前ですから、今もやっているかどうか。いや、司法書士その人が生きているかどうかかも」

「福岡県? 何故、福岡県に居たのですか?」

「そこまでお話しすることは、どうでしょう」

身の上話は私の常識の範疇に入っておりません、とは老這子の内心の言葉。

「履歴書というのはネ、雇うかどうか決めるための、本社に送る重要な書類なんですヨー。人間の質を判断するものなんですヨー。ほんとうに常識がない。常識がないったらありはしない！」

身上調査を拒否されてよほど腹がたったとみえて中年男は常識という言葉を連発する。その口角に白い泡が見えかくれしだす。

「常識がない」の連発射撃を受けても、老這子は痛くも痒くもない。そもそも、面接というのは、雇用される側が雇用主を見極めるという側面もある。

「それに、ここ十年ぐらい働いていませんが、何をしてたんですか？」

「職歴がないから書いていないだけです」

「働かなくて、どうやって暮らしてきたんですか？」

「どうやって暮らしてきたかって、と問われても、身の上話を話せば長くなりますし、それに履歴書にはそれを書く欄はありません」

「だからねえ、何度も言うようだけれど、面接をする側としては、学歴や職歴だけではなく人間の質を判断しなければならんのです。それも分からないのですか。まったく常識がない」

「人間の質ですか？」

「そうです、人間の質です」

「人間の質」を問われたら、老這子には自信がない。過去をふりかえれば、そのとき、そのとき、常に真剣に真摯に生きてきたと思う。しかし、完璧な人間ではないし、頑固な一面と怒りっぽいところは多々ある。

ところで、人間の質と言えば思い出した言葉がある。それは〈あんた何処から流れてきたんだい？〉である。ホテルの洗い場でパートで働いていたとき、同じ職場で働いていた人から問われた言葉である。洗い場で働く人間の質がけして低いわけではない。職業に貴賤はないし、人間の質は測れるものではない。これが真理である。しかしホテルや旅館の従業員の一部は寮や食事付が多いからか、ホテルからホテル、旅館から旅館へと仕事を渡りやすい流れ者という固定観念や偏見で見られることがある。この偏見はその環境のなかで生きる人たちにとっては常識化しているのかもしれない。

常識という言葉はたいてい絶対的真理のように発語される。その発語者にとっては不変的な考え方なのかもしれないが、あくまでもその発語者が生きる一定の範囲内に通用する普遍性をそなえているだけで、社会や時代とともに変遷する。

ジョウシキさんが言う常識が不変であろうと普遍であろうと、自分自身、一般受けする常識が欠如していることは言われなくても自覚している。いや、それは少し違う。欠如しているのではなく、人が言う常識などは無視せざるを得ないときは無視してきたと言ったほうが本音である。なるべく自分の心を自由にさせておくために。

ジョウシキさんの口から次から次へと吐き出される「常識がない」という言葉の渦に眩暈を覚えた老這子は自ら面接を切りあげるための悪戯を思いついた。

「十年間何をしていたか、お知りになりたいですか?」

「もちろんです。知らなければならないんです」

「こちら側にはいませんでした」

「えっ?」

と、ジョウシキさんの怒り顔に困惑色が混じる。

「聞こえませんでしたか?　向こう側です。塀の向こうです」

「塀の向こう?」

「はい、そうです。高い塀です」

「……?」

ジョウシキさんの顔から色が消えていく。

「最初は豚箱、それから十年のセンテンスで刑務所です。」

「……!」

「あなたが言う常識がないから生きてこられたのでしょう。常識という言葉で他者を一刀両断する人間が一番きらいです。殺したくなります」

色が消えたジョウシキさんの顔に青色が少しずつ色を増していったところで、老這子は、彼の手から履歴書を取り上げ、椅子から立ち上がった。

戯れる妬心

二～三年のあいだ浅間山麓の家とまったく離れていたことがある。三島の家で英語を教えていたので、たとえ少ない生徒数でも授業を放棄するわけにはいかなかったからである。そのあいだ、近場の山に登ったり、骨鬆症気味の骨まわりを筋肉で補強しようと、週一で市のフィットネスクラスに通ったりして、人とも出会った。そのなかの一人がＡ女である。

Ａ女に紹介されて軽く頭を下げたとき、老這子はその紹介された女性の視線に何とも陰湿なものを感じた。Ａ女と老這子はフィットネス・ルームのなか、並んでフィットネスバイクのペダルを踏んでいた。その女性はドアの向こうの廊下、紹介されれば互いに会釈ですむ無関係の関係である。しかし、その女性はそこを一向に去る気配はなく、立ち止まってしばらくのあいだ、こちらを見続けていた。その視線に老這子はいささかの違和感を覚えたが、何もおきなければ、すぐに忘れる程度のものだった。Ａ女はフィットネスクラス以外に卓球クラスをとっており、その女性は卓球クラスの仲間同士で、ランチを食べに行ったり、映画を見に行ったりとクラスをこえて仲良い間柄らしかった。

老這子が覚えたその違和感が単なる違和感でなかったことは次の日に明らかになった。あの後、Ａ女はフィットネスクラスを終えて卓球クラスに行き、プレイ中に転んで手を突き左手首の骨にひびが入った、だからフィットネスクラスは当分休むという内容の電話があったからである。心配していたことが起こってしまったと老這子は思った。違和感の正体は謂れない妬心だった。しかも妬心の矢は老逭子にではなく、てっとりばやくA女に向けられたのであった。というのは、遡ることおよそ一〜二週間前、A女と二人して原生林公園を散策したからである。森歩きが好きな老逭子は、近場に箱根原生林があると知って、行ってみたいと思っていた。一人で原生林のなかに入ることは躊躇われたが、その入り口に原生林公園という森の雰囲気を味わえる場所があり、そこなら歩けると思った。そんな話をA女にしたら、そこなら知っているから案内がてら一緒に歩こうということになり、二人して森歩きを楽しんだのであった。そのとき、〈けっこう楽しいね、他の山も歩こうか〉ということで、A女の希望で行きたいと思っていたが行ったことはない神奈川県丹沢の大山にきまり、老逭子が計画をたてるということになっていた。それはたまたまに出た話であり、箱根旧街道や愛鷹山等と近場の山にはよく一人で出かけていた老逭子にとって、前もって意図していた話ではなかった。

さて、A女の骨折災難を聞いたとき、過去の出来事が老逭子の脳裏を横切った。米国留学中のときである。カレッジの必修科目に体育があった。スポーツ音痴の中年逭子にとって一番容易いであろうと思われたバトミントン・クラスをとった。そのクラスは週一の、ルール等の説明はプリントを渡されたものの、実際の内容は生徒間でバトミントンで遊ぶだけの気楽なものだった。とはいえ、根っからのスポーツ音痴にとって、若者の打つ羽根を相手のコート内に適切に打ち返すことは至難の業だった。だから、中年這子が参加するプレイは長続きしない。相手をする若者はおもしろくなかったに違いないから、できることならプレイしたくなかったのだが、一応は授業である、順番がきたらコートに入らなければならない。

あるとき、三十歳ぐらいの日本人女性が相手だった。手柔らかに対応してくれるかと期待したのだが、逆に、右に左にと動かされた。右方向に来た羽根をなんとか打ち返したあと、左方向へと打って返される。そしてまた右方向へと。中年這子にはそれを打ち返すだけの技能はないし、無理に羽根を右に左に追って転びたくはない。当然に羽根は床に落ちる。つまり羽根が一～二回往復しただけでプレイは終わる。勝敗が成績に影響するわけではなく、むきにならず楽しむことができるはずの授業である。毎回同じことをされれば、言葉は無くても彼女の意図は知れる。彼女とは特別に恨みや嫉妬をかうほどの仲ではなかったが、もたもたしている中年這子はカタルシスの対象としてうってつけだったのかもしれない。

まあ、それはそれとして、あのときむきになって羽根を右に左にと追っていたら、閉経後の骨粗鬆症ぎみの身は痛い思いをしていたかもしれない。

理由がなんとなく想像できる場合とは別に、まったく意味が分からずに受ける陰湿な攻撃もある。中年這子がまだ九州にいたころ、そのようなものを受けたことがある。地方の某同人誌に入会を誘われて、ほんの少しのあいだ同人として名を連ねていたことがある。さて、何号か憶えていないが、何か作品をということで、短い随筆を提出したときのことである。編集委員が何人かいて、その一人から、本当にこれでいいのかという問い合わせとともに、拙随筆のゲラ刷りが送られてきた。読み返して、びっくりした。多くの箇所で助動詞や助詞が書きかえられていて、意味不明の文になっていたのである。ただちに適切に書きなおした原稿を、その編集委員宛てに直接送付して、事なきを得た。

勉強会のような同人誌会には何回か出席してはいたものの、同人たちと個別な交流があったわけではない。その出来事があってからすぐに退会したから、同人であった期間はおそらく一年未満であったろう。中年這子はまったくの新参者であったが、同人誌会のとき、同人の発表作品に関して意見や批評を問われれば、思うところを言っていた。忖度したり世辞の言える性格ではない。思い当たる理由とすれば、そのあたりだったかもしれない。

姿の見えない妬心のようなものは厄介このうえない。おのれのなかに生じたそれなら、理性をもって如何様にもおさめることもできるが、他者のなかに生じたそれは如何ともしようがない。ときに身に覚えのない陰湿な攻撃を受けることになる。

密かに芽生えた妬心はめったに言葉としては現れない。何故なら、妬心は他者を勝手に妬む感情である。したがって、その妬み種は外からやってきて植えつけられたものでなく、内に自然発生したもの、つまり自身と同体である。妬み種の原因はもやもやとした「なんとなく」であるから、根拠が曖昧つまり言葉にならない。よって、言葉がもつ抑制力が機能せず、妬心は好き放題に戯れることになる。

敢えて言えば、「なんとなく」と呼ばれるものはコンプレックスであろう。日本語圏で使われているコンプレックスの意味は単に「劣等感」だが、もともとの言葉は「complex」、つまり「複合（の）、複雑（な）」という意味である。心理学的字義としては、劣等／優越感、固定観念、強迫観念等の感情複合体、つまり、あること（もの）に対する言葉にできない複雑な感情である。広辞苑には「心の中で抑圧されて意識されないまま複雑な感情を担っている表象の複合体」とある。

そんな複雑奇妙な感情を意味のある言葉にできれば、妬心は戯れはじめる前に大人しくなってくれるかもしれないが、言葉として表出しない妬心は言葉や論理で制御されることが難しい。制御されない妬心は調子にのってますます戯れることになる。無差別攻撃などは、制御できない妬心の最たるものかもしれない。

ちなみに、攻撃の対象と目的がはっきりしているハラスメント等は「妬心の戯れ」ではない。

透明な妬心

妬心はどうやら猫のなかにも住んでいるらしい。ジジを見ていて、そう思う。しかし、彼らの場合、妬心自体が戯れることはないから、誰も傷つかない。

老這子がそう確信するようになったのは、ジジが三歳の誕生日を迎えようとしていたころである。猫の三歳といえば、人間でいえば二十歳を過ぎ大人と認められるころである。

人間なら、まあ、周囲の対人関係を把握し、波風立てないように、上手に世間を渡れるようになる年齢である。

ワトソンが老這子のところにやってきたのはおそらく三〜四か月のときだったろうが、そのときには先輩猫はおらず、最初から一人と一匹だった。だからワトソンからは妬心のようなものを感じたことはない。一人と一匹という蜜月状態は、途中、タイシャ（大社で拾ったからタイシャと命名）の参入はあったものの、タイシャが逃走したのちは、再び、蜜月状態になり、ジジがやってくるまでに至っている。

ジジは生後二か月つまり乳離れしてすぐに老這子とワトソンつまり一人と猫一匹との暮らしのなかに参入してきた猫である。

人間の子どもと同じで、子猫には周囲に対して気を配るなどという配慮心はまったくない。もちろんジジにもなかった。好き放題のやりたい放題。しかも食い意地がはっていた。とにかく人が食べているものが気になってしかたがない。たとえば、自分の餌皿のなかにまだ残っているのに、ワトソンの餌皿のなかのフードを横取りして猛スピードでたいらげる。行儀の悪いはなしだが、あるとき老這子が立ったまま小豆団子の端を両手でもって食べていたとき、ジジが突然目の前に現れたのにはびっくりした。反対側から団子にかじりついたのである。小さくて軽い身体にとってひょいと老這子の胸あたりまでジャンプすることぐらいは朝飯前。子猫の相手をしたくないワトソンを執拗に追いかけまわす。まだ小さくて下りられないのに、無謀にも降りようとするから階段からころげおちて左の犬歯を折る。大きなケージによじのぼり上部の隙間から無理やり出ようとして、頭を挟んでじたばたする。

こんなふうに空気を読まないやんちゃジジだったが、成長するにしたがって、おかしな気質をみせるようになった。けたちがいの人見知りとストーカー気質である。もちろん、人間世界における執拗に誰かの跡を追い続けるような陰湿なものではない。後からやってきた子猫だったジジが周囲の人間と猫の関係が見える程度に成長したとき、いままで認識していなかった周囲の空気を認識しはじめたということだろう。

……二か月になったばかりの僕を迎えにきて、初めて僕を抱いた人は僕のことをジジと呼んだ。車での移動中、どこへ連れていかれるのか、何回も僕は心細くて泣いた。泣くたびに、その人は歌のように口ずさんだ。「ジジちゃん、ジジちゃん、ジジちゃんはかわいい、ジジちゃん、ジジちゃん、ジジちゃんはいい子、ジジちゃん、ジジちゃん、もうすぐお家よ」。そうやって僕はなだめられながら、その人のお家に連れてこられた。そしてすぐに大きなケイジに入れられた。僕を守るためだと、その人は言った。誰から守るのかと思っていたら、大きめの大人猫が僕を見に来た。ワトソンと呼ばれていた先輩猫による接見である。ブリーダーの家に生まれていろいろな猫たちに囲まれ育ってきている僕にとって、ワトソンは珍しくも、恐くもなかった。お近づきのしるしに、僕は親しみをこめてケイジの柵に鼻を近づけたのに、ワトソンは当時十五センチぐらいしかない僕に対して背中を大きくまるめ、全身の毛を逆立て、歯をむきだしてヒィーと威嚇してきたのだ。そんな威嚇にビビる僕ではなかった。ワトソンを追いかけたり、背中に乗ったりとけんかを仕掛けたりもしたが、いつも僕は体よく追い払われた。それでも、子猫時代の僕はひるまなかった。しかし成長する過程で、僕は少しずつ周囲の状況を認識するようになった。ワトソンは姿かたちは猫だけれど、あまりにもその人に近く、僕の仲間ではないのではないかと疑いだした。だからワトソンにどうしても親密さを感じることができず、その人にも率直に甘えることができます、次第に僕の心は孤立していった……

とでも。ジジの気持を察すれば、こうなるかな。

さて、米国時代から老這子と寝起きをともにしているワトソンが老這子べったり、あるいは老這子がワトソンべったりはしかたがない。老這子とワトソンとの親密さに対する嫉妬心がなせる態度というべきか、あるいは先輩猫に対する遠慮なのか、はたまた人間との交流の仕方をワトソンから学ぶためなのか、老這子とワトソンがいっしょにいると、ドアの向こうに、顔半分、あるいは身体半分を隠して、ジーと見つめているジジの姿をときに見るようになった。たまたま老這子の家でその状況を見た知人が言った。「あれって『家政婦は見ていた』だよね」と。

ジジの妬心を顕著に示すイベントをあげようとすると、まっさきに思いだすのが、記念写真イベントである。老這子が還暦になったときワトソンとタイシャ（渡米中に友人宅から疾走）といっしょに撮った記念写真がある。ある日、壁にかけられたその写真をしきりに見ていたジジが、老這子のほうをふりかえり、また写真を見る。そしてまた、何かを訴えるような目つきで老這子を見る。そんな様子に、老這子はジジの気持を察した。

「ここに僕はいないよ。何故なの？　ワトソンはいるのに」

「そうだったね。この写真を撮ったとき、ジジはまだ生まれていなかったのよ」

「今は、僕、ここにいるよ」

「そうだね」

「僕も家族だよね」

「もちろんジジも大切な家族よ、じゃあ、写真をとるから、こっちを向いてちょうだい」

言葉にすれば、こうなるのだろう、
驚いたことに、ジジはほんとうに座りなおしてこっちを見て、ポーズをとったのである。ということで、壁には還暦記念写真に重なるように映ったジジの写真が新たに加わったのであった。

もう一つのイベントとしてはジジの引きこもりがある。はっきりとは分からないが、ワトソンとジジとのあいだでいさかいのような何かがあったのだろう。あるいは、えこひいきした覚えはないが、老這子の扱いも原因の一端だったのかもしれない、ジジが二階の一部屋に何日か引きこもったことがある。それまでも、引きこもりらしい行動をとったことはあるが、それらは気にならない程度であった。

呼んでも階下におりてこない。老這子がむりやり抱いて階下におろしても、すぐに階段をかけのぼって二階に行ってしまう。ワトソンが二階にあがると、低いうなり声で来るなと威嚇する。仕方がないから、食事や水そしてトイレ箱を二階に運んで様子を見ることにしたが、四日目になっても下りてくる気配はなかった。どうしたものかと思案し、老這子はできるだけ二階のジジのそばにいることにした。そばといっても、炬燵をはさんで向こう側とこちら側である。老這子が向こう側にいるジジに擦りよれば、ジジは離れてこちら側へ移動するという具合で、老這子とも一線を画す頑固さだった。

炬燵の向こう側にジジがいて、こちら側に老這子がいたときである、ワトソンが部屋に入ってきた。どうするのかと見ていたら、ワトソンはジジに対面するかたちでゆっくり近づき、ジジまであと一メートルぐらいというところで止まり、静かに腰をおろし、無言でジジを見つめはじめる。優しいまなざしがそこにはあった。

ジジも座りなおして無言でワトソンを見つめかえす。

老這子も無言で成行きを見つめる。

どれくらいのあいだ、ワトソンとジジは見つめあっていたのだろうか。長いようで短かったかもしれないし、短いようで長かったかもしれない。

その沈黙を最初にやぶったのはジジだった。静かに立ってワトソンに近づき、その鼻づらに自分のそれを付けたのである。俗に言う鼻キッスである。

ジジからの鼻キッスを静かに待ったワトソンの意図は、人間の見方をすれば、人間関係ならぬ猫関係修復のために、年上のワトソンが下手に出たほうがよかろうと、「僕が悪かったから、機嫌なおせ、もう仲直りしよう」とでも、逆に「後輩のお前が仁義を切りやすいように待ってやっているよ」とでもなるのかもしれない。ジジのほうとしてはどうだったのだろうか。「そこまで言うのなら、許してやる」なのか、「僕も悪かった。仲直りだね」なのかは、老這子に分かりようがない。彼らには言葉以外のコミュニケーション方法があるのだろう。

さて、ワードに向かって、これを書いているとき、ジジが自ら老這子の膝にのってきた。ワトソンはしばしば膝にのってきたが、ジジがそうすることはめったになかったが、三年を半年ほど経た今、ワトソンが付近にいないのを確認してからのってくるようになった。撫でてやると、気持良さそうに喉をならす。

ジジが四歳になる三か月前の四月八日にワトソンは旅立ち、ジジの透明な妬心は影をひそめた。

夢は無意識の再現

生まれてこのかた、自分の誕生日なんて忘れていることが多かった老這子だが、六十五歳を過ぎたころから、その日を意識するようになった。

若いころは、おそらく、その日を境にして歳をとろうがとるまいがどうでもいいことだったし、加えて、幼いころから誕生日を祝われることなど、めったになかったから、思いだすこともなかったということだろう。

しかし、持ち時間が限られた老齢の域に入ると無意識にも、その持ち時間を数えるようになる。たとえば、あと五年は元気でありたいとか、あと十年はなんとかなるかなとか、いや、そんなにはいらないとか……。

自分の誕生日を密かに祝う方法としては、どこかに出かけるとか、何か美味しいものを食べるとか、自分のために何かを買うとかであるが、そうだ、安上がりの方法としては、イチゴがのったショートケーキを前にして、音程の狂った「ハッピー・バースデイ」を歌うというのはどうだろうか。

ということで、老這子はそれを粛々と行うことにして、近所のケーキ屋に走ったが、あいにく、イチゴがのったショートケーキは売りきれていた。しかたがないので、チョコレートケーキを一つ買ってきて、儀式を決行することにした。儀式といっても、サービスでもらった小さなキャンドルを小皿にのせたチョコレートケーキに刺し、それに火をつけて、「ハッピー・バースデイ」をワン・フレイズだけ歌うというだけだが、それでも、ケーキを食べ終われば、なんとなく七十歳のハードルを越えたような気にはなる。

食べ終わった後、ついでのように出たのが大きなため息だった。よくも、ここまで生きてきたということにつきた。まさか、ここまで生きるとは思ってもいなかった。長生き礼賛の日本社会ではあるが、そもそも、老這子は、長生きはめでたいことだとは思っていない。生きることはエネルギーの消費である。若者のエネルギー持ち分をよこどりしているような罪悪感をときに覚えないわけではない。そこそこに存《なが》えたら、それでいい。

そうはいっても、自ら命を絶つほどの勇気はもちあわせておらず、自分の命といえども思うようにはならない。だから、生きているかぎり、人には迷惑をかけないようにしたい。よって、それなりに元気でなければならない。元気でいるために食事摂取を適切に行い、身体機能を衰えさせないように運動をし、脳機能を老化させないように本を読む、等である。しかし、それらを律儀に行えば、ますます長生きしてしまうことになる。

とどのつまり、長生きはしたくはないが、生きているかぎり、自分のことは自分でしたい。そのためには元気でなければならない。その結果が望んでいない長生きとなる。これが老這子のジレンマである。

さて、久しぶりにケーキなんかを食べたせいか、次の朝方、久しぶりの夢をみた。夢に登場してきたのはエミ子さん。夢のなかで、老這子はすごく焦っている。焦りの原因は、朝九時過ぎに起きてしまったことである。あれもしていない、これもしていない、さて、どうしようか。子どもたちが学校に遅れてしまうという感情ばかりが募る。しかし、光景はかつての日常的な光景ではない。暗闇のなかに子どもたちの姿はない。しかし、老這子の内心はすごく焦っている。そこに現れたのが彼女だったのである。夢のなかで彼女は、まだそんなことに拘っているのかとカンラ・カンラと笑った。夢の内容はそれだけである。

朝九時起床は老這子の日常である。今、冬は氷点下という寒冷地に住んでいる。しかも誰からも拘束されない一人暮らしである。寒い早朝に起きる必要は一切ない。日が高くなってから起床すればいい。

夢から覚めた後、老這子は何故にエミ子さんの登場なのかすぐに理解した。七十歳という節目が彼女を呼んだのであろう。夢の前半に関しては、九時過ぎ起床と自由に生きていることに罪悪感を覚えてのことかもしれないとも思ったが、それよりも、その罪悪感を笑いでふきとばしてくれた彼女の登場に救われた思いの夢だった。

しかし、別の罪悪感が老這子の脳裏をかすめた。老這子はエミ子さんに救われたけれど、老這子はエミ子さんを救ってはいない。目覚めているような、まだ夢のなかにいるような、うつらうつらした状態で、老這子は己の記憶脳の海馬に問うた。エミ子さんが突然逝ってしまったあのときから何年経っているのかと。

すると、二度寝しはじめてすぐにエミ子さんが現れ、そして言った。

「私、還暦になったの」

違うでしょう、還暦はとっくに過ぎているでしょう、と老這子が少しきつく言いかえすと、ながいこと首を傾げていた彼女は、やがて古稀という言葉を思い出したらしく、『七十歳は古稀だっわね』と天真爛漫に笑った。彼女の時間は止まったまま、相変わらず可愛くて美しい笑顔、初めて会ったときの笑顔そのままである。

初めて出会ったのが、老這子が帰国した次の年で、最後に会ったのが、呆けた彼女が

『私、還暦になったの』と浅間山麓の家を訪れてきた夏の、その年のクリスマスの日だったから、おそらく五〜六年は経つ。そして、彼女の訃報が突然届いたのが、次の年の春だった。

エミ子さんとの出会いは、地方選挙の出馬応援のような小さな会場だった。そこに出かけたのは、その選挙区に住む友人に誘われたからである。選挙区が違うからと断ることもできたが、一片の興味があって出かけたという経緯がある。当時の首相は小泉純一郎、米国のブッシュ大統領がしかけたイラク戦争を支援していた。その会場に某女性国会議員が応援にきていた。当時、小泉首相を〈よいしょ〉していたその女性議員、もちろんイラク戦争にも大賛成だった。なにかしら異論を言いたかった老這子だったが、その地域に生きる友人の立場を慮《おもんぱか》り黙っていた。誰も何も発言しないその会場において、唯一発言した人がエミ子さんだった。老這子が言いたかったことと少し違っていたが、意図は同じイラク戦争反対の言葉であった。

その女性議員、エミ子さんの質問に対して何と言ったのか。こともあろうに、戦争を夫婦喧嘩に例えて、「ご主人が浮気をしていたら懲らしめますよね。それと同じです。大量兵器を隠すイラクには制裁をくわえなければいけない」と言った。会場の参加者は何も言わず、エミ子さんは泣きそうな顔をしていた。

その後、その会が解散されて駐車場に出たおり、自動車に乗りこもうとしている彼女を見て、老這子は駆け寄ることを躊躇しなかった。そして言った。

「私もあなたの意見に賛成です」

二人の友人関係はそのときからである。老這子がイラク戦争反対のキャンドルデモのグローバル・ヴィジオ・フォ・ピース（Global Vigil for Peace）を三島駅前で行ったときも、電話で呼びかけた同級生たちは誰ひとり来てくれなかったなか、友人一人を伴い駆けつけてくれたのは彼女だけだった。


老這子が森の中に移転してしばらくして、エミ子さんが一週間程度滞在したことがあった。一種の家出である。その理由は個人的な夫婦関係の問題ゆえに、ここでは記さない。老這子は、好きなだけ居たらいい、何ならずうっと居たら、なんて言っていたのだが、滞在六日を過ぎたころ、「私帰る」と彼女は言った。夫から電話があり、「どうするんだ?」とたたみかけられたと言う。「今帰ったらすべて譲歩することにならない?」と老這子は言ったが、「今帰らなければ、居場所を失う」と暗い顔をした。その言葉に老這子は一言も返せなかった。「居場所ならここがある。ここに居たらいい」とは言えなかった。居場所の意味が違う。「女は三界に家無し」が意味する居場所である。

それからも、老這子が三島の家にいるときは、しばしば会ったりしていたが、そのうち互いに気になりながらも会う機会もなく、二〜三年の時がすぎたころである、老這子が浅間山麓の家にいたとき、「私、還暦になりました。そちらに友人と行きます、二泊ぐらいお世話になります。いいでしょう」とメールがきた。たしか還暦はとっくに過ぎているはずなのにと、嫌な予感がしたが、もちろん、彼女の友人ともども大歓迎である。

来訪予定日の二〜三日前に、友人と名乗る女性から電話があった。待ち合わせの駅と時間等の確認である。エミ子さんによると、かつて行ったことがあるから大丈夫、軽井沢駅から歩いてすぐだからと曖昧で、直接に電話するのは失礼かと思ったが、切符を買うためにも確認したかったと言う。「エミ子さんは最近、認知的におかしいときがあるから、電話をしてよかった、では迎えの件よろしくおねがいします」という内容であった。エミ子さんが認知症？　まさかとは思ったが、古希を還暦と言い間違えていたメールを思い出していた。

待ち合わせの軽井沢駅で久しぶりに会ったエミ子さんには認知症の兆候はなく、友人の分までもの宿泊礼金が入った封筒をこっそり陰で手渡す気配りさえあった。

ところが、おかしい行動は次の日、日帰り温泉に行ったときにあらわれた。トイレのスリッパを履いたまま出てきたり、そのトイレのなかに上着を置きわすれるというハプニングがおきた。さて帰ろうと車に乗り込んだとき、着ていたはずの上着を着ていないことに気づいた彼女の友人が、どこに上着を置いてきたと問いただしたら、もともと着てなかったと、エミ子さん強い口調で反発した。老這子はかつて見たこともない彼女の怒りの表情と声にびっくり。彼女の脳のなかで何かが起こっていた、起こりつつあることを知らされた出来事だった。

それから、エミ子さんの認知症は進行し、デイケアに通っていたりしたが、それでも老這子が電話をすると、彼女は最初の「もしもし」で老這子と認識して、嬉しそうに近況を話しだし、二人の会話に支障はなかった。そんなおり、三島の家に滞在していたクリスマスの日、外でクリスマスを祝おうと、エミ子さんを誘った。車で迎えに行くと、おしゃれをして玄関に笑顔で立った彼女は相変わらず美しく、そのどこにも認知症の気配はなかった。

しかし時が経つにつれて、電話口における話の内容が夫の悪口に変わりだした。たとえば、夫が財布から現金を抜き出したとか、警察に電話をしたが相手にしてもらえなかったとかである。悲しませたくないから、否定せずに聞いていてやりたい、はなしの相手をしてやりたいと思うが、次第にこちらからの電話は遠のき、直接会うことも憚られるようになった。彼女の家は自動車を走らせれば四十分程度の距離である、会おうと思えばいつでも会えたのだが、家に行けば、当の夫がいる、何しに来たと疎まれ、けして歓迎されないことは分かっていたからである。しようしようと気になりながらも電話をせずにいたら、エミ子さんは電話をしたとしても出られない鬼籍の人になってしまった。自宅の風呂で、あっというまの思いもよらない彼女の死だった。

自死？

まさか？

だったら頻繁に電話をして、なんでもいいから聞いてやっていたら……と、己の冷たさが悔やまれた。

エミ子さんが結婚した経緯は当の彼女から聞いて知っている。父親からの強い要望だったと聞く。老這子の年代の女性はたとえ経済的に自立していても独身で通すことは、周りが許さなかった。親にとって四十歳以上の独り身の娘は恥的存在だったのかもしれない。彼女から父親に対する恨みと結婚に対する後悔の言葉を一度と言わず聞いたが、根が優しい女性である、愚痴はこぼさず妻と義母と主婦の役を献身的にこなし、なにより結婚当初小学生だった義理の息子にかける愛情は血がつながった母親以上で、結婚を決意した理由もその息子への愛情だったと言う。彼女は心配りのできる誰にでも優しい女性だった。しかも人前でも堂々と自分の意見を言える強い女性でもあった。でも、彼女にとって家とは何だったのだろうか。

離婚して家を捨てた老逭子だが、もともと老逭子自身が捨てられていたのだから、最初から、自分には家なんかなかったと、老逭子は夢から覚めながら思った。自分の古希を祝ったりしたから、夢が老逭子自身の無意識を再現したのだろうと。だから、エミ子さんが夢に出てきて、カンラ・カンラと笑い飛ばした。

どうだっていいよ、そんなこと……と。

識別

老這子はメジロやヒヨドリ用にリンゴやキュウイの皮をフェンスの上部にしつらえた網棚に、キジバト用にはパンかすや、ときにはジジが残したドライフードをプランターの土の上においてやる。生ゴミ処理の一環と彼らとの交流をはかる目的をかねている。置き場所は斜面をのぞむ家の南側。そこは人様の目から届かないところにあるから、生態系を壊すなどという叱責を誰からも受けなくてすむ。

彼らが頻繁にやってくるのは、斜面の木々が葉を落として、餌台にしている網棚がよく見えるようになる秋の終わりごろから新緑のころまでである。家の南側は全面窓になっているので、彼らの様子はよく見える。

最初、ヒヨドリにしてもキジバトにしても、違う個体がたまたま立ちよっているのだろうと思っていたが、どうやら、そうではなかった。あるとき、ヒヨドリに追われたキジバトがとっさのことで避けきらずガラス窓にぶつかった。たまたま立ちよっているのであれば争いは生じない。縄張りを主張する個体はいつもそこにいる同一個体、つまりヒヨドリのA君でありキジバトのB君だということに気づいたのである。

ヒヨドリとキジバトの食べ物は違う。キジバトは地面におりてパンかすをつっつくだけで、けしてリンゴやキュウイの皮には見向きもしない。しかし、ときにはフェンスの上でぽっぽーと鳴いたり、どちらが彼女か彼なのか知らないが、あつーいデイトを楽しんだりしているから、ヒヨドリにとっては目ざわりなのだろう。縄張り争いの小競合いをちょくちょく見るようになった。といっても、どうやらヒヨドリのほうが好戦的で、追われているのはいつもキジバトで、小競合いのかたちにもなっていないのだが。

ヒヨドリとキジバトは互いにそれぞれにいつも来るあいつとして認識しているはずであるが、老這子には、あのヒヨドリなのか、このキジバトなのか、見ただけでは個体の識別はできない。しかし、以前と同じ行動をすれば、ああ、あのヒヨさんかもね、あのキジさんかもね、とは識別できる。この識別は楽しい。

春になると、近所猫さんたちの交流が盛んになる。他家の飼い猫なのか、野良さんなのか、家のまわりをぶらつきはじめる。ときに、恋のさや当てなのか、こちらが気恥ずかしくなるほどの鳴き声が夜の闇をつきやぶる。そんな季節になると、ジジがそわそわしだす。人間には聞こえない音を察知するのだろう、寝ていてもふっと起きて、カーテンをかきわけ夜の闇に眼をこらしたりしている。生まれてからこのかた外の世界にいちども出たことがないジジ。出たいとも欲しないのだろう、ドアを開けたすきに、老這子の足もとをするりと抜けて、ちょっと散歩なんてことを企んだことは一度もない。

ある日中、通りすがりの野良猫とジジが窓ガラスを境にして鉢合わせした。見るからに近所の野良猫会議を牛耳っていそうなボス的風貌である。ボスは図々しく縁の上にあがり家のなかをのぞき、窓ガラスのこちら側にいるジジにガンをつけた。ワトソンが生きていれば、窓ガラスを通してガンのつけあいになっただろうが、ジジは威嚇もせずに、媚びるように身体を小さくしてうずくまった。しばらくしてボスは「ふん、なんだ！　こいつ、俺様の相手じゃあねえ……」と思ったかどうか、縁からおりて、これ見よがしに、たかだかと上にあげた尻尾を大きく横に揺らしながら斜面を下りていった。どうやら、識別の儀式を受けたのはジジのほうだったのだろう。その尻尾の意味するところを人間の言葉にすれば、さしずめ「ふん、ぬるま湯につかった、ふやけ家猫めが」とでもなるだろう。そのあと、「僕はふやけ猫なんかじゃあない」とでも悩んだわけではないだろうが、ジジは丸一日、二階にとじこもった。猫缶を叩いて呼んでも下りてこない。どうしているのかと見にあがると、座布団の端から首を畳みに落として寝ていた。落ちこみ続けた姿で寝入ってしまったのだろう。

頭をなでながら「見ただけで識別されるほど単純じゃあないよね」とジジを慰めたものの、はたから見たら何とも愉快な識別風景であった。

しかし、人が見た目で人を識別することは避けたい。

ちょっとしたきっかけで、若い中国人女性留学生のE女と知り合いになった。海を見たいと言う彼女の要望に答えて、二人で元旦の海を見に行った。二人の若者が岸辺に腰をおろして釣糸をたれていた。風もなく、釣りを楽しむにはうってつけの陽気だった。近づくと、二人の若者は老這子たちのほうをちらっと見てから、再び海面のほうに視線をもどした。その視線の違いから、老這子は気難しくなさそうな方の横に腰をおろし、話しかけた。留学生のE女は会話に入らずに離れたところで海を眺めていた。

老這子が横の若者に「こんにちは」と言うと、「こんにちは」と陽に焼けた笑顔が返ってきた。

「釣れる?」と、老這子。

「釣れません」

「ここでは何が釣れるの？」

と老這子が問うと、困ったように、隣で釣糸をたれている連れのほうを向く。魚の名前を訊いたようだったが、他国の言葉らしく老這子には聴き取れない。しかし、連れのぶっきらぼうさは見て取れた。ふりかえった笑顔は「分かりません」と答え、満面の笑顔で、こう続けた。

「さかなも、今日は、おやすみです」と、声がホップしている。

「そうか、魚の世界も今日は正月ってことね」

若者のウイットある言葉に対して、老這子は皺だらけの顔をさらに皺だらけにしながら、親指を立て「座布団一枚！」と言った。

彼がこの言葉の意味を知っていたかは定かではないが、知っていたらよし、知らなくてもいつか知るかもしれないと、老這子は思った。日本の海岸での些細な思い出が、再び彼を笑顔にしてくれれば、それでいい。

年齢も性別も、ときには国も違う、何一つ知らないもの同士、人と人が確かな接点を感じた瞬間、あるいは人間以外の生きものとでも、いつのころからか、老這子はその瞬間を楽しいと感じてきた。無料で得る至福の時である。その若者との一言二言の会話は、まさに老這子が彼からもらったお年玉のようなものだったかもしれない。

少し離れたところで立ったまま海をみつめている彼女のところにもどり、一部始終を話し、互いに他国人として親しみをもてるかもと、彼らは日本人ではないみたいと付け加えた。すると、彼女は老這子の思惑など突き放すように「見れば判る」と言った。

その会話はそこで打ち切りになったが、老這子のこころは痛んだ。それまで抱いていた彼女への親しみの気持が急激に冷えていくのが悲しかった。

何故、老這子のこころは痛んだのか。「見れば判る」には差別と拒絶の響きがあったからである。たしかに、二人の若者の風貌は日本人のそれとは違かった。しかし日本人や中国人と同じアジア人同士である。近づくとか話しかけるとか、特別に仲良くする必要はないが、しかし、あえて避けることもない。

老這子がE女と知りあったのは、電車内でたまたま老這子が話しかけたからである。彼女は一人大きめのカメラを首にかけ、旅行案内本を読んでいた。むかし二十歳のころ二十日ぐらいの日程で一人旅をしたことを思いだした老這子が思わず語りかけていたという経緯がある。彼女が日本人ではないと知ったのは、彼女の外見からではなく、助詞の使い方とイントネーションからであった。米国に単身留学し、知らない土地をあちこちと旅行したことがある老這子である、他国で一人旅をしていた彼女に親しみを覚えるのに時間はかからなかった。

米国に留学滞在していたとき、白人とは毛色の違う自分も「見れば判る」と言われていたのだろうかと、老這子は当時を思い出してみる。その言葉を直接かけられたことはないが、フィリッピン人かと訊かれたことはある。その人のことを見る目があると思った記憶はある。「見れば判る」と言われるまでもなく、自分の顔立ちは弥生人系ではなく縄文人系つまり南方系だと自覚しているからである。

言葉を持つ人間社会には、「見れば判る」と言う立場と言われる立場がある。一つの環境においてメジャーの立場にいるか、マイナーの立場にいるかによって変わる。言う側は意識しないかもしれないが、言われる側は謂れのない拒絶と差別に傷つく。「見れば判る」という言葉自体には罪はないが、その言葉を発語する者の品格は問われるかもしれない。日本語を学びに来日してきていた彼女の場合、問われるべきは、この言葉を教えた日本語環境かもしれないが、彼女からは聞きたくなかった。

世界は狭くなり、観光、学び、ビジネス等、人は国から国へと自由に移動する。母国から離れて他国に移り住む人もいる。人々の移動は多様化社会を普通のものにする。皆それぞれに違うが皆それぞれに同じである。

嵌入《かんにゅう》

情動の発現およびそれに伴う行動、さらに短期記憶に関係し、種々の感覚入力に応じて時空間の情報を認知し、一種の統合作用を行う。これらが海馬の仕事と広辞苑にある。ときに老這子は自分の海馬をイメージする。何故に海馬なのか？　脳組織には他にもいろいろあるが、海の馬という名前が気にいっているからかもしれない。海馬とは「sea-horse」の訳語でセイウチおよびトドの別称の意味もあるが、老這子が思い浮かべる海馬は[hippocampus／脳の内部にある古い大脳皮質の部分]のほうである。名前の由来は脳内にあるその物体がギリシア神話の神ポセイドンが乗る海の怪獣の海馬（ヒポカンポス）の下半身に似ていることに由来しているらしい。

まあ、脳内に小さな怪獣が住みこんでいて、ある意味、その脳の持ち主をコントロールしていると思えばいい。ほんとうに？

ほんとうに持ち主はコントロールされっぱなしなのだろうか。そうなら、不条理というものだと老這子は思う。怪獣とそれを養っている肉体と、どちらが主体で、どちらが従体なのか。そんなことはどうでもいいか！

しかし、怪獣に情動（怒り・恐れ・喜び・悲しみ）を好きなように操られたら、その宿主の老這子はたまらない。こころに刃が突き刺さったとき、その凶器は物体ではないゆえに、そしてこころは肉体そのものではないゆえに、受けた傷（精神的外傷／トラウマ）は外科的処置では治らず、痛みは海馬に支配されたままだからである。

しかし救いはある。人間には時間という強い味方がある。日常のなかの些細な傷なら時間が忘却へと導いてくれる。

再びしかし、時間の経過が癒してくれないほど鋭利な刃でえぐられることだってある。そのときは忘却まで長い時間を要する。長いあいだ、あるいは死ぬまで、そのえぐられた傷をかかえ、出血に耐えながらも生き続けねばならないかもしれない。

あるとき、老這子はそんな深い傷を負わされた。その刃の一突きとは身に覚えのない非難の言葉だった。これが他人から受けたのであれば日常的些細な傷の範疇である。しかし他人でない場合、一突きの様相は一変する。しかも言葉の内容にまったく身に覚えがなかった身にとって、その一突きは予期できないつまり防御のしようがない、まさに我が陣営からの一突きに等しかった。何、何、何？　そして何故？　まさにカオス（混沌）である。

訳が分からぬまま、カオスの裂け目に落とされた老這子は「怒り」と「悲しみ」の渦のなかで苦しみ、やがてそれらは憎悪に変わった。自分の分身を憎むことは苦行である。苦行から逃れたい。しかし、脳内怪獣は常に「憎悪」の情動発現スイッチをオンにしてくる。まさに情動の虜である。

このスイッチを常にオフの状態にしておきたい、さて、どうしたものかと考えた老這子は自分の脳内怪獣と戦うことにした。抗う相手は「怒り・悲しみ・憎悪」の発現である。戦いの相手は当人ではなく、自分の脳内に住む怪獣である。愛の感情であろうと憎のそれであろうと、それらは脳内に住む怪獣の仕事つまり情動発現の結果である。であるなら、この怪獣を静かにさせるためには、情動発現スイッチを常にオフ状態にしておいたらいい、つまり怪獣を静かに眠らせたままにしておけばいい。

しかし、どうやって？

過去の思い出もふくめて一片も思い出さないことだ、考えないことだ。これが唯一の術だと、老這子は考えた。そうすれば、パルスは流れない。パルスが流れてこなければ、脳内怪獣も情動発現スイッチをオンすることはできない。

そのために、老這子は自分の脳内怪獣に絶えず娯楽を与えるようにした。たとえば、映画を見に行く。モールに出かけウインドウ・ショッピングする。美味しいものを食べに行く。温泉等の小旅行をするというふうに楽しいと思うことを常に追求する。もちろん家にいるときも好きな映画のDVDを借りて観賞する。自分自身と脳内怪獣を楽しませることに時間を費やした。

その結果、嵌入（かんにゅう／はまりこむこと）が成ったのである。老這子と怪獣とのどちらがどちらにはまりこんだのか、両者は同体内にあるゆえに、どちらともいえるが、両者とも幸せに生きていく手段としての同化つまり嵌入である。それ以後、老這子は「怒り・悲しみ・憎しみ」という不毛な感情にあまり悩まされることがなくなった、ように思う。

動物の世界では、我が身から生まれた子どもでも、ある時点から子どもであることを忘れるように最初からDNAにインプットされている。だから、子どもは成長すれば親から自立しなければならず、親にも別れの涙はない。そんなDNAがインプットされていない老這子が不毛な感情に苦しまないための手段が嵌入であった。

人間も、動物のように血のつながりなどというおどろおどろしい感情に、ある時点で支配されなくなったら、もっと自由に生きていけるかもしれない。

内戦

「自分さえ我慢すれば波風がたたない」が母の口癖で、他者を非難せず、なんでもかんでも自分のうちにかかえこんだ。すべてのストレスを引き受けて、母は関節リウマチになったと、老這子は思う。だから、自分を殺して他を生かすような生き方はしないと心に決めて、生きてきた。だからかどうか、老這子はリウマチにはならなかった。しかし、アレルギー体質は受けついだらしく、十数年前ぐらいからアレルギー症状を呈するようになった。慢性関節リウマチは膠原病の一種であり、膠原病はアレルギー疾患と呼ばれる病気に属するという。つまり、老這子が引受けているアレルギー疾患のメカニズムは、リウマチのような痛みはないが、自分が自分を攻撃することに関しては同じである。

鼻炎アレルギーは季節的なものだが、鼻炎アレルギーがでないときは慢性じんましんという具合に、鼻炎アレルギーと慢性じんましんを交互にひきうけるようになり、それでも比較的良いときと悪いときと、ごまかし、ごまかし生きてきた。

五～六年前からは、じんましんが固定化して、抗ヒスタミン剤なしには生きていけなくなった。飲み忘れたときには必ず下肢のあたりから、痒みをともなってぽつぽつと出はじめる。服薬せず、出るにまかせれば、身体の表面全体におよび、気が狂うほどの痒みにおそわれる。試したことはないが、最終的にはじんましんは内臓や脳細胞にまでおよび、ほんとうに気がくるって自ら命を絶つに至るのかもしれない。最近は、そんなことを考える。

母と同じ一種の自己免疫疾患。自身のなかの何を自分自身が攻撃するのか、おそらく、生きているかぎり、吸いこむ空気さえも、敵とみなすのかも、老這子の身体（存在）は……。

攻撃する方もされる方も、どちらも愛でるべき同じ自分つまり同体だということが身体の不思議なのであるが、しかしと、老這子は考える。仮に、同体のなかの攻撃するものとされるものとのあいだに意識が介在したらどうだろうか。

己が己自身を攻撃する。身体の持ち主が特別に意識しなくても、生身の内にて対立するもの同士が意識しあっているわけであるから、内にて嵐や波が常に吹き荒れていることになる。この波動が痛みやかゆみなのかのしれないと考える。

まあ、生きているかぎり敵とみなされて自分自身から攻撃を受ける。この攻撃をさけるために抗ヒスタミン剤を服用するが、この身が消滅すれば攻撃したくても攻撃する対象は消滅する。つまり、違境（違／不調和を感じる境界）を越える瞬間が来れば内戦は終わる。


思い出す。病院のベッドにこん睡に近い状態で眠る母の枕もとで二十日ほどのあいだ、母の死と向きあった。まだ六十五歳だというのに身体のどこもかしこも小さく縮んでしまい、枕にのる顔には骨相が浮き、あるかないかの白髪は枕カバーにはりつき、職業婦人として溌剌と働いていたころの面影はいっさいない。たった十年である。リウマチという病が職業や若さ等、母からすべてを奪い、そしていま命さえも奪おうとしていた。

この世とあの世との境界を浮遊しているような母の横で、涙と鼻水で顔をぐしゃぐしゃにしても、こちら側に母を連れ戻せるわけではなかった。そのとき這子にできたことは、終日、自分の呼吸を母の弱い呼吸にあわせて、点滴装置から一滴ずつゆっくりと落ちるしずくを数えることだけだった。そのしずくは母を生かしているものだが、その反面、腎臓がまったく働いていない母にとっては、命を縮めているものでもあった。

そんなある朝、母が突然目を開けた。

「気分がとてもいい、生き返った！」

久しぶりの母の明るい声、ほんとうに母はもどってきたのかと、奇跡がおきたのかと這子は心底嬉しかった。アイスクリームが食べたい、と言う母の願いをかなえるために、一階の売店に走った。このときほど、店員の動作とエレベーターの動きが鈍く感じられたことはない。はやくして、はやく、はやく。……しかし。

息をきらして病室に戻ると、母は再び深い眠りにおちていた。せめてひと匙と、母の乾いた唇にのせるが、何の反応もない。ひと匙のアイスクリームはむなしく溶けて口唇の端から顎へと伝い、首に一筋の線をひいた。

食べてもらえなかったアイスクリームは無残に溶けてサイドテーブルに置き去りにされ、次の日、母は長い息を吐いたあと日暮れの太陽とともに落ちていった。

夢から醒めたように「生き返った」と言った母は、おそらく死を意識せずに死んでいったのではなかろうかと、せめて老這子は願う。母は死んで違境を越え、痛みから解放されたと、這子は心のうちで母の死を祝った。

そしていま、老這子は母よりも十年ほど長く生かされている。いずれ違境を超えるときが来る。内戦終結のときである。そのとき母のように「生き返った」と感じたい。

順境の際《きわ》

さて、三島と浅間山麓と、行ったり来たりを繰り返していたが、その行ったり来たりが年齢を重ねるたびに億劫になってきた。なにしろ、片道四〜五時間のドライブである。渋滞がある日中よりも夜間のほうが一時間ほど節約できるからと、夜間に行き来していたら、対向車のLED光線に目がやられた。

朝、目が覚めて、右目に違和感を覚えて鏡を見たら、右目がウサギのように白目が真っ赤になっていた。目の外に出血しているわけでもなく、痛みもないが、我が眼ながら気持が悪い。とうとう脳にきたかと、とりあえず眼科に走ったら、なんのことはない、「病名は結膜下出血、薬はない、一週間ぐらいで血が吸収されてウサギ目は治る、はい次の患者さんを呼んで」と、診察室から早々と追い出された。

その後、たしかにウサギ目は徐々に消えていったが、それから身体の不調がはじまった。自律神経がやられたのであろう、内蔵型冷え（八月だというのに夏姿でスーパーに買い物に行ったら、心臓が止まるかと思うほどに体の芯から凍った）から始まって、顔面左側の訳の分からない疼痛に悩まされるようになった。顎に異常があるわけでもなく、三叉神経痛でもない。ネットで調べたら、心療内科に行けというような書き込みがあった。試しに行ってみた。初めての心療内科受診である。

きれいに整った待合室にふさわしい美しい受付嬢が二人、待合室のソファに、患者であろう、どこが悪いのか健康に見える若い女性が一人。そういえば、この自分も外見的には健康である。怪我をしているわけでも、包帯を巻いているわけでもないから、他者に痛みを想像させる仕掛けを持っているわけではない。痛みはその痛みを感じている自分だけのものである。

とはいえ、その心療内科の医者は手のひらで私とのあいだに一本線を引いて次のように言った。

「痛みですが、痛みの基準は人によって違います。痛みの強弱は、その基準を、あなたがどこに置くかによって違ってきます、たとえば、その基準をここに置いたとすると、あなたの痛みは最大になり、しかし、ここに置けば、あなたの痛みは最小になり、ときによっては、その痛みはゼロになります」

医者の左手が示すのが痛みの基準線、右手が示すのがあなたつまり私の痛みということらしい。つまり、痛みの基準線を最大限上に持っていけば、私の痛みなど、取るに足らないということらしい。まあねえ、と納得させられて診察を終える。納得できなかったのは数種類の薬が処方されていたことだ。痛みが気の持ちようなら薬はいらない。それら数々の薬はゴミ箱に投げ入れることにして、もともと飲んでいた市販の鎮痛剤でやりすごすことにした。私の気の持ちようが幸いしたのかどうか、市販の鎮痛剤が効いたのか、十日ほどで痛みは消えた。

しかし、その後、気の持ちようではなんともならない痛みの極みに襲われた。帯状疱疹である。

帯状疱疹の痛みがいか様なことは、それなりに想像できていた。むかし、単なる湿疹と思って、その痛みを我慢していた母が内科の診療を受けたとき、「よくまあ……そんなに長いあいだ、この痛みを我慢できましたねえ」と医者から言われたというういわくつきの病気である。そんなことから、背中に痛みを覚えたとき帯状疱疹だろうとすぐ察した。

しかし、帯状疱疹は病名のとおり、医者は疱疹が帯状に発現して初めて帯状疱疹と認めるらしく、疱疹が出ていない早々に、近所の内科医院で診てもらったところ、まだ疱疹が認められず、帯状疱疹かどうかは判明しないからと、一週間服用のウイルス薬はもらえなかった。ということで、老這子の帯状疱疹は長引くことになり、結局のところ完治まで三か月以上かかった。シーツの皺さえ痛くて眠れない背中の痛みだった。

帯状疱疹の痛みは確実に器質的痛みであったろうが、では、心療内科医から「痛みの基準線」と諭された顔面の疼痛はどこも悪いところがなかった機能的痛みだったのだろうか?

本当のところは分からない。痛みは主観、痛みの持主にしか分からない。それでもまだ、辛うじて順境「楽を感じる境界」内で生きていられたころの話である。

後章　カイバ（怪婆）の世界

……ここで簡単に記しておく。それは老這子が浅間山麓に建物を所有した理由である。這子が初めて書いた本は二〇〇二年発行の「入試制度廃止論」、まったくの自費出版である。五十歳近くの高卒でも大学に入学でき、学ぶことができた米国の教育制度には感嘆した。多民族国家ゆえに多くの問題は抱えているものの、学びたい者の学びを助けるという教育の基本的姿勢にである。執筆の動機は高校受験、大学受験と学びたい者を排除する制度を日本から無くしたいと願ってのことである。登校拒否という社会問題が表出したころでもある。そのころ、ウエブサイトでたまたま見た物件が浅間山麓の十二室あるアパート形式の建物だった。子供たちが森の中で自由に生きられる環境をと思って購入したという経緯がある。しかし、老這子の思惑と夢は葬らざるをえなかった。もともとビジネスをするつもりはなかった。加えて資本金もなかった。さらに子供だけではなく、親と一緒に住むという条件をつけたからか、拙ホームページ「ワトソン猫猫舎」で宣伝したが、一人も来ないという結果に終わった。しかし建物は残った。動機は結果に繋がらなかったが、老這子はこの環境が気に入っている。見たこともない花や虫たち、そしてときに訪れる小動物たちやアカギツネ、ニホンカモシカ等……彼らの世界の一員として生きることと以上の至福はない。

三島と浅間山麓と行ったり来たりを繰り返していたが、その行ったり来たりが年齢を重ねるたびに体力的にも億劫になってきた。なにしろ片道五時間のドライブである。それで決心がついた。居をどちらかに定めなければならないのなら、大好きな浅間さん（山）のそばがいいと、三島の家をたたむことにして、再び彼の麓に居を移したときは七十歳を過ぎていた。本当のクソババアである。むかし、息子からクソババアと呼ばれて、「はい、なあに？」と返事をして以来、クソババアと呼ばれることに違和感はない。それ以来、頭に糞を乗せたババアだと思っている。

人は環境によって変わる。よって浅間の森に住み着いたクソババアの自称名を考えた。山姥《ヤマンバ》とでも名のるべきか。しかし、山姥は物語の世界とはいえ存在する固有名詞である以上、名のるのはおこがましい。ということで考えた。このクソババア、先輩猫ワトソンが死んだ後、遠感力をつけた黒猫ジジから呪いをかけられたせいか、最近、多少、いや大いに妖怪じみてきている。よって妖怪の〈カイ〉とババアの〈バアア〉をくっつけて、怪婆〈カイババア〉とでも名乗ろうか、ついでに〈カイバ〉と名乗れば己の海馬も喜ぶかも。ということで自称カイバとした。まあ、クソババアの呼称など、どうでもいいが、カイバがこれから書くことは海馬の思い込み次第ということで、時に支離滅裂になるやもしれぬ。

パート1　行動と心

心は人間以外の生き物にも備わっていると、カイバは思っている。電気・水道等の文明無しには生きていけないホモサピエンスであるが、そんなものがなくても生きていける彼らを畏敬している。森のなかに住んでいると、種が違うものたちとの思わぬ出会いがある。通じているのかいないのか分からないが、言葉を持たぬ彼らとの交流はファンタジーである。彼らの一員として受け入れられる愉快さである。

無賃乗車&混浴〈ショウリョウバッタ〉

二〇一八年八月の初め、三島の家をひきはらい浅間山麓へといざ出立。移動の手段はスズキのアルト、そろそろ八年になる。見た目はカイバ同様に見る影もないが、本体はカイバと違い、どこも痛んでいない。

ジジを助手席に、最小の荷物を後ろに積んで、三島に別れを告げようとしたとき、どこからともなく、〈しゃぎり〉の音がしてきた。もうすぐ三島大社の夏祭り、どこかで練習をしているのだろう、この時期になると、どこからともなく流れてくる。子どものときから聞きなれた音は、心地よく心を揺さぶってくる。ちょっとだけおセンチになって、エンジンをスタートさせる。もうここには、戻りたくても、戻る家はない。

僕アルト、先に大まかな道程を言っておく。伊豆縦貫道から新東名に入り、新富士インターチェンジを出る。そこから一三九号線をとり、富士山を右に見て走り、途中、精進湖のところで左折し三五八号線を走る。山道を道なりに行くと甲府南インターチェンジに着く。そこから中央自動車道に入り須玉インターチェンジで降りる。そこからは佐久まで一四一号線を一路走るのみ。佐久からも浅間山の北麓まではまだ一時間ほど走らなければならないが、佐久市街に入り、遠くに浅間山の姿が現れれば、カイバの心は、もう到着したも同然らしく、うきうき状態となるらしい。しかし、八年物の僕としては、ここまでおよそ四時間の走りはきつい。しかし、それも今回が最後だと、カイバは言っていた。

さて、中央自動車道を走っていたとき、時速一〇〇キロは出ていたと思う。風にバタバタと翻弄されている小さな青いものが右の視界に入った。少しだけスピードをゆるめて、ちらっと見ると、青バッタである。小さめの青、いや薄緑色の、草っぱらでよく見かける奴、頭部から全体に細長い奴である。どうやらバッタ君は疾風と遊んでいるわけではなく、どうしても降りたくないらしい。三島の家の花壇でよく見かけた奴と同じ、もしかして、あの青バッタかもと、ふと思った。花壇を含めて平地にされる三島の家の解体を知って、移転を計り、何処か新天地を求めて、アルトの窓にしがみついたのかも。そして、無賃乗車を計った結果、時速一〇〇キロの風に遭遇しちゃったということか。

気の毒に、バラバラに解体しそうな身体が必死で風に抗い、ガラス窓の上部にしがみついている。どうやって、そのようなアクロバットができるのか解明したいが、なにせカイバは高速道路を運転中、運転に集中しなければならない。ちらっ、ちらっと見ること数回。疾風に脚数本をもぎ取られそうになりながらも耐えているその必死さに、カイバはどうにかしてやりたいと思った。

どうなるか分からないが、うまくいったら、風といっしょに無賃乗車君も車内に迎い入れられるかもしれないと、カイバは窓ガラスを半分ほど下におろしてやった。

どうだろうかと、窓のほうをちらっと見たら、今度はドアバイザーの裏側にしがみついていた。

「ばか！　せっかく窓を開けてやったのに。まあ、そこなら、風当たりは少なくなり、直接風を受けるより、少しはましかもしれないが、いつまで、そこにしがみついていられるやら」

「しかし、すごいね、バッタの脚力って、人間があんな脚力をもっていたら、絶対にオリンピック選手だよね」と、カイバ。いつもの独り言ではなくて、ジジに話しかけたつもりだが……。

「むにゃ、むにゃ、にゃあ……」

猫が返事をするわけはない。寝てるか、食べてるかだもんね、猫ってえ奴は。

僕アルト、先ほど須玉で中央道から出させられて、八ヶ岳を左に見ながら、一四一号線（佐久甲州街道）を小海線にそって北上、機嫌よく走っていたとき、突如、急ブレーキをかけられて、コンビニの前でストップさせられた。どうやら運転手の身体上の自然現象らしい。たしか南牧村あたりだったと思う。

「もう、ダメ、もうダメ」と、カイバ、アルトのドアをバタンと荒らしく閉めて、コンビニ店内に入り、右を見て、左を見て、まずトイレの入り口ドアを探す。「いらっしゃいませえ」という店員さんの言葉に、「先にトイレを貸してくださーい」と少し大きめな声で返事をして、ドアの向こうに走り込む。

数分後、「まにあったあ！」と、すきっと&呆け顔のカイバは、とりあえず、振り向き、トイレのドアに一礼する。何十年も休みなしに働いていれば膀胱さんも老化する。全国どこにでもあるコンビニのトイレには感謝しても感謝しきれない。粗相を恐れずにどこにでも行けるのはコンビニ・トイレさんのお陰である。

さて、何ごともなかったように、すっきり顔を装って、少し空腹を覚えたカイバはまず缶コーヒを手にとり、他に何を買おうかと軽食・弁当の棚の前に立つ。運転しながらでも食べられるものはおにぎりかサンドイッチである。どっちにしようかなあと、手を伸ばしたのは、結局、コーヒーに合うサンドイッチだった。

今回はドアを静かに閉めて運転席にドカッとおさまる。そこで青バッタのことを思い出した。ドアのガラス窓の外を探すが、その姿はない。気になるが、もう無賃乗車は終わりにして、ここで降りたのかもしれないと、なんとなく納得。

缶コーヒーのプルタブを引き、ゴクリと喉をならす。次に、サンドイッチの袋を開けて、一切れを出し、大口を開けたところで、そのまま、大口を開けたままになった。フロントガラスの向こう、中学生か、高校生か、コンビニから出てきた男子二人のうちの一人が立ち止まってじっとカイバを見つめていたからである。いい歳をして不作法なことをしていると思われているのだろうかと、食べるのをやめて、見られちゃったね……という意味で首を縮めたら、その男子、ニッコっと頭をさげてから、立ち去った。

カイバ、キョトンとする。見知らぬ人から会釈を受けるなんて、日本社会では、かつて経験したことがなかったからである。米国に滞在していたときは、見知らぬ人同士の挨拶は普通に行われていた。たとえば道ですれ違っただけでも、〈笑顔＆ハローorハーイ〉セットが交換された。しかし、日本社会にはそういう文化はない。

帰国してまもないころ、小さな女の子づれの若い母親とすれちがったとき、女の子のほうに、「こんにちは」と笑いかけたら、その子は母親にすがりつき、「知っている人？」と母親の顔を見上げた。母親は歩きスマホから顔をあげ、カイバを見てから首を横にふった。少女から睨まれたカイバはたちまちにして不審者に成り下がったのである。だから、見知らぬ人と会釈を交わすなんてことは、帰国して以来、望みようもなかったのである。何故だろう？　少年は何故、車中にいるカイバを見つめ、そして会釈を送ってきたのだろうか、しかし、そんなことはどうでもいい。悪くはない……この温もり、好きである。少年との二〜三秒の温もり。何かが、あの地点で、偶然に交叉したのかもしれない。何かって？　何（something）か、説明がつかない何か、言わば複雑で微妙な何かが、何かの自由意思によって、交叉した特異点とでも……。

きっと、不思議な何かが行く先にいっぱい待っていてくれる、そんな予感に、一人ニヤニヤする。

僕アルト、再びエンジン起動、一四一号線を北上。天気良好、田園風景のなかの長閑な一本道、僕の緊張もほぐれっぱなし、と思ったら、突然、カイバが叫んだ。今度は何なんだ？　また尿意かよ！「ねえ、ねえ、見て、みんな何かを食べている！」と、カイバ左前方を指さした。ソフトクリームの旗がはためいている。搾りたての牛乳だってさ、通りすぎる手はないよねと、ということで僕は左折させられて、旗と旗のあいだをぬけて駐車場に止めさせられた。

いくら美味しいという評判でも並んでまでして食べたことはないが、自然のなかで草を食んでいる乳牛たちを見て並ぶ気になった。平和な光景である。彼らからの贈り物をいただくためには並ぶ義務がある。

その平和な光景とは真逆の光景を米国留学中に見たことがある。どこを走っていたかは憶えていない。田舎道ではなく、町と町をつないでいる幹線道路だったと思う。運転しながら、視界のずっと先、右前方に黒茶の粒々がひしめいているのが見えた。近づくにつれて、その粒々の一つ一つは牛だと分かった。貨物列車に乗せられるのを待っている牛のぎゅう詰め集団だったのである。驚いたのは、それらぎゅうぎゅう詰め集団の列の長さだった。車を運転しながら、まだ続いている、まだ続いていると、その多さに悪い意味で感嘆したことを憶えている。彼らはぎゅうぎゅう詰めに並べさせられて、一鳴きもせず、列車の到着を待たされていた。まさしく人間のための商品になるために。いや、彼らは生きているときから商品とも言える。

何だろう?と、カイバ、ハンドルを握りながら、例の独り言。罪悪感?　それとも少し違う。どうにもならない怒りのような、おぞましさ。人間である自分がおぞましい、彼らには自由はない……。では、人間には?としばらく考える、あるようで無いのかもしれない。自分の自由意思で行動しているると思っているのは思い込みか。人間も、いまや、大きな力にプログラミングされているんじゃあないだろうか。デジタルとか、クラウドとかに、知らず知らずのうちに、なにせ今や監視社会である。しかし、カイバ自身、もはやインターネットは手放せない。これがプログラミングの正体なのか、意識させないところが怖い。

僕、アルト。道程は残すところ、あと一時間ほど。遠くに浅間山が見えだしたというのに、しかも搾りたてのソフトクリームを食べたというのに、カイバに元気がない。僕が心配しても仕方がないが、カイバの元気は僕のエンジン力に関わってくる。それでも、「中軽」交差点から一四六号線に入った僕は、浅間山を左にそのすそ野を走っている。あと五分ぐらいでカイバの家である。

やっと着きましたよう、ジジちゃん！

何はともあれ、ジジを家のなかに入れる。三島と浅間山麓と行ったり来たりとカイバに付き合ってきたジジにとっては、いつもの行動パターンであり、勝手知った浅間山麓の家である。そのあと、後部荷台に入れてきた引っ越し荷物の搬入仕事がある。

荷物を出そうと、アルトのリアドアを開けたときである、ぴょんと薄緑色の小さなものが跳び出た。すっかり忘れていたが、疾風にあおられてもガラス窓にしがみついていたあのアクロバット・バッタであろう。カイバにバッタの個体は識別できないから、そうであろうとしか言えないが、一跳び、二跳びと、道路際の草むらへと消えていった。

さて、ショウリョウバッタの大移動を手伝った次の日か、その次の日か、大移動の疲れを癒すために、カイバは近場の日帰り温泉にでかけた。

露天風呂に入り、身体も温もり、ホ〜ッと一息ついたとき、目の前に薄緑色のものが浮かんでいることに気が付いた。よくよく見ると、長い脚を絡ませてひっくり返った虫のようであった。誤って湯船に落ちて、溺れ死んだのかもしれないと、両の手のひらですくいあげて、湯ぶねの外にそっとおくと、その薄緑色をしたやつ、ガバッと跳ねあがり態勢を整えて、すいとこちらを見あげた。それは遜色ない立派なショウリョウバッタの姿だった。

死んで浮かんでいるのかと思ったら生きていた。

うっ、まさか！　こちらを見あげたショウリョウバッタの顔に見覚えがあった。

「まさか、無賃乗車の君じゃあないだろうね？」と、カイバ思わず声をあげる。

その君、返事することなく、二跳びで、草むらに入っていったのと、露天風呂入り口のドアが開いたのとは同時だった。

「あら、一人でしたか。話し声が聞こえたと思ったのですが」

「はい、歳をとったせいか、最近、独り言が多くなりました」と、カイバ。

カイバにはショウリョウバッタの個体を見極める認識力はない。温泉と家との距離からして、あの無賃乗車バッタである可能性は低い。しかし、あの君と思ったほうが愉快である。筋だけで出来たような身体なのに、湯に落ちても溺れない強靭なショウリョウバッタの筋力に感心。

カイバも若かりし頃はスジと骨だけで出来ているから、スジボネ子と呼ばれたこともあったと思い出した。しかし、スジスジのショウリョウバッタとは違って、筋金入りのスポーツ音痴、一番低い跳び箱でも跳べなかった。そんなことを思い出したら、笑いが込みあげてきた。

アッハ、ハア……アハハ、アハハ……、アハハ、アハハ……！

一人笑いを続けるカイバを気味悪く思ったのか、さきほどの女性が早々と湯からあがり露天風呂から出て行った。

思いもよらないことが一度に三回も起きれば海馬に残る。ショウリョウバッタの無賃乗車と、その君との混浴、くわえて見知らぬ男子から受けた温もりのある会釈である。

生ゴースト

森の住人のなかには下界の家を売りはらい定住した人もいるが、たいていは夏シーズンだけの別荘族が多い。老這子も傍から見たら別荘族の仲間に入るかもしれないが、自身は自分を別荘族とは思っていない。家柄も収入も社会的背景も、別荘族が誇るものを一つも持っていないからである。そのかわり、そういうものに縛られないこころの自由をもっている。そんなものが自慢だなんて、持っていないものの僻みだ、と人は言うだろうが、言いたいものには言わせておけばいい。めったに人間さまに会わないから喧しさは耳に入ってこない。そんなことも森の住人の特権である。

さて、ショウリョウバッタと一緒に森にもどってからしばらくして、小道でMさんに会った。何年ぶりかの再会である。

「ひさしぶりですね。お変わりないようで」などと互いに挨拶をかわす。それはそれで、あるひとときではある。楽しくなくはない。そのひとときは拒否しないが、食事の招待となるとそうはいかず、丁重に断らなければならない。傷つけないように、言葉を選んで丁重に。すると遠慮していると思うのか、断っても、断っても、執拗に誘ってくる。

断りの理由はある。カイバが森の住人になりたてのころ、断るのも礼儀に反するかと、安易な気持で招きに応じたことがあった。夕食をごちそうになると、食べ終わったあとすぐ帰るわけにもいかず、滞在時間が長くなる。話さなくてもいいこともついつい口にしてしまう。すると、個人情報は森をかけまわった。別に知られてこまる情報はないけれど、まったく見知らない人からカイバ自身の情報を聞かされたら、気味がいいものではない。情報源は知れる。それ以来、夕食招待のすべてを断ってきた。

表層的かつ偏った情報は風にのって森のなかを吹きめぐる。別荘族は森のなかに入ると、日常の居住地では抑えていた近隣住人への好奇心が解放されるのかもしれない。小道をいくつか挟み、角をいくつか曲がった後に現れる樹々に囲まれた家の住人にさえ、〈どこで何をしている人〉的な興味を抱く。誰かを相手に自慢をしたいという願望の裏返しなのかもしれないが、まあ、こんなふうに思うのはカイバの僻みであろう。

Mさんも彼の奥さんもいい人である。嫌いではない。緑の下で二〜三十分ぐらいのお茶程度なら楽しい。たわいない会話で時間は過ぎてくれる。一方的な常識観を披露されても適当にお茶をにごすこともできる。会話を中断したければ、そろそろおいとまと立ちあがることもできる。しかし食事に招かれ、家のなかに入り込むと、状況は大いに違ってくる。互いに個人情報の収集という意図がなくても、おしゃべりが楽しければ自然と気楽に身の上話におよぶこともある。カイバの場合、自ら言うことはないが、尋ねられれば差し障りのない程度には話す。

しかし、生きてきた道が違い、興味の対象が違えば、おのずと価値観も違う。良いとか悪いとかではない。正しいとか正しくないとかでもない。違う価値観をその場だけ相手にあわせるだけでも、消費するエネルギーは小さくない。疲れる。ときには苦痛さえ伴う。「招く・招かれる」は良いことばかりではない。「友人を招く」「幸運を招く」などは良いとしても、「招く」という言葉には、「ひきおこす」「こうむる」という意味もある。まあ、良いことも招くが、ときには悪いことも招くということである。

食事の招待を何回も断ったのちにMさんが言った。

「何故、そんなにかたくななのか。一人でさびしいと思うから誘っているのに」

「一人じゃあないよ」

「ゴーストがいるのか？」

「ゴースト！　ああお化けね……いるのなら出てきてほしいけれど……残念ながら今のところ出てきてくれてはいない」

「じゃあ、やっぱり一人じゃあないか」

「森のなかには仲間がいっぱいいるでしょ。植物も動物も同じ生き物でしょう。ほら、そこに蛇が！」

蛇は嘘である。縄にさえ飛びあがるほどの蛇嫌いなMさんに対する言葉の逆襲である。招かれたくないから、遠まわしに断っているのに、それを理解しない。多様な考え、多様な生き方を理解してくれない。

〈森のなかに一人住む年老いた女は寂しい身の上ときまっている、だから食事に誘うことは親切な行為である〉というのがMさんでなくても世間一般の常識であろう。

しかし一人でいることが好きな人間もいる。カイバもその一人である。一人なら身も心も自由であり、選択肢はすべて自分の手の内にある。そのかわりに、何でも自分でしなければならないし、結果責任は自分自身で負わなければならない。よって、ある程度強い精神とそれなりの健康が求められるが。

Mさんと別れ、森のなかの道を歩きながら、そういえばと、カイバはふと思った。自分自身がゴーストなのかもしれないと。森のなかで黒猫ジジと暮らす白髪の生ゴーストである。

「生ゴースト、ヘンシーン！」

と言いながら、むかし子どもたちとよくやった変身ポーズをする。

そこで思った。無賃乗車のショウリョウバッタも、会釈を送ってくれた見知らぬ男子も、すでに生ゴーストになっているカイバを見抜いていたのかもしれない、と。

へ、へ、愉快、愉快……もう人間じゃあないものね。これからは、これでいこう。

存在の交差〈野ウサギ〉

ここ―人間が開発した別荘地をふくめた周辺―は先住動物の居住地であり人間のそれで

はない。先住動物とは、たとえば、カイバが実際に見たものとしては、小さいものは野ネズミから大きいものはニホンカモシカやクマたちである。もちろん空を飛ぶ鳥類もいる。夏には人間たちがウロチョロするので、鳥類以外はめったに姿を見せないが、彼らがここ周辺を頻繁にウロチョロしていることは間違いない。何故なら、夏には彼らは存在の痕跡を残さないが、雪が降る冬には家の周りに明確に存在の痕跡を残していくからである。

それら痕跡の脚跡はシカのものだったり、アカギツネのものだったり、小鳥のものだったりといろいろなのだが、それらを目で追えば、彼らの来た方向と去った方向が分かる。興味が尽きないのは、大抵の場合それらが交差していることであり、その交差跡の状態から分かることは不意に遭遇したりしてはいないということである。おそらく、彼ら自身もその点においては細心の注意を払っているのだろう。

不思議なのはウサギである。雪上に頻繁に脚跡を残す彼らではあるが、ここを訪れるようになってから十年以上が経つのに、その姿を一度も目撃したことはなかったからである。

しかし、二〇二二年六月二十五日の昼下がり、偶然にも目撃したのである。窓の向こう、藪の中からひょいひよいと道路に出てきた小さな奴、通常のウサギとは違い派手さがなく、毛色は地味な枯葉色、耳も姿も小さい野ウサギ、勝手に名づければ〈浅間ウサギ〉とでも。道路の端にちょこんと座って、様子を窺うようにしばらく鼻をひこひこさせていたが、すぐに藪のなかに入っていってしまった。日付を記しておいたのは、二度とあるかないかの際会《さいかい》だと思ったからである。

このときからほぼ一年後、昨年と同じ場所で再び野ウサギを見る。しかし、昨年の君よりも一回り小さい。昨年見たあの野ウサギの子どもかもしれない。そうだったら、命をつなげた彼らを祝福したい。その後は、今に至るまで、彼らの姿を見ていない。やはり際会という言葉がふさわしい。

出くわさないということは、存在しないということを意味せず、おそらく、出会ったことも見たこともないというのは、こちら人間側のはなしで、向こうは見ているから避けている、だから出くわさないということだろう。〈存在の交差〉は動物同士だけではない、動物と人間との交差、もちろん人間同士の場合もある。

人間同士の場合、「出会い」とか「邂逅」等、恰好をつけて表現するが、カイバは「交差」という言葉を使いたい。

あるとき、「a blast from the past ／過去から一陣の風が吹き」、死後数年のミリーからクリスマスカードが届いた。彼女の娘が送ってくれたものである。そのなかでミリーは「交差」という言葉を使っていた。
（Sure glad our paths crossed ／ 私たちの道が交差したことが嬉しい）

交差回避〈クマ〉

行ったり来たりはしていたものの、森の中に居をかまえて通算十五年以上にはなるか、そのあいだクマが我が家の庭に訪れたことが二回ほどある。

一回目はワトソンがまだ生きていて、ジジがまだ生まれていないころ、私たちは二階にいた。最初に気づいたのはワトソン、態勢を低くして窓際に行くから、何ごとかいなと、同じように態勢を低くしてそのあとを追ったら、庭の向こうの藪に何やら大きな黒いものが見えた。いくら大型犬でも大きすぎると思ったら、ゆっくり藪から顔を出したのはクマだった。有難いことに、クマにしても他の小型／大型動物にしても、こちらが声を出さないかぎり、彼らは上に注意を向けない。時期は春の終わりか夏の初めごろ、時刻はえーっと何時ごろだったか、たしか午前中だったと思う、二階から見たところ付近には誰もいない、わざわざ「クマだー」と叫んで人を呼び寄せることのほうがかえって危険である。よって、好きなだけ我が庭で遊ばせることにした。

さて、自然のままにほったらかしの庭だが、松の切り株に百均ショップで買ったネコやらウサギの置物を置いてある。ネコのそれは手招きネコふうに擬人的デザインだが、ウサギのそれはけっこう本物っぽい。面白いことに、クマはそのウサギの置物をがぶりといったのである。もちろん、すぐに吐き出したが、この行動は何を意味しているのか、おそらくクマは森のなかで出会うウサギの姿を認識しているのであろう。そのあと、食べるものの気配のない庭に興ざめしたのか、道路のほうに出て、その反対側から再び藪のなかに消えた。その後、そのクマかどうか分からないが、人々にしばしば目撃されるようになったのであろう、あちらこちらにクマ注意看板が掲げられるようになったが、クマによる事件は何も起こらなかった。

そんなことがあって、二〜三年が経っただろうか、近くにあるゴミ集積所に異変がおきた。ゴミ箱のトタン蓋は捻じ曲げられ、開けられていて、その周辺にはゴミ袋のビニールが散乱していた。その有様はあきらかにクマの仕業だと想定できた。その有様をカイバが目撃したときは、すでに役場に報告されていて、しばらくして、役場、猟友会そして警察の人たちであろう、野次馬を含めて多くの人たちがゴミ集積所を囲むように集まり、やがて捕獲用の檻が置かれ、食べ物につられたそのクマは二〜三日後に自ら檻に入った。

クマが捕まったという声に外を見ると、ゴミ集積所に人だかりがしていたので、行ってみた。人だかりの後ろに行くと、見知っている女性が言う。一度捕まって山奥に解放されたクマだから殺されるらしいと。クマはただ生きるためにゴミをあさっただけである。誰だって、腹がすいたら、その腹を満たしたい。ただ、それだけのために殺されねばならない。ただ、ただ思うのは哀れみであった。クマが始末されるところを見たくないカイバはその場を後にして家に帰った。帰ったら、ワトソンとジジが玄関入口で待っていた。思い出せば、その日は肌寒く時期的には早いパーカーを着ていたことは憶えている。おそらく夏の終わりだったのだろう。

記憶をたどれば、そのときすでに別荘地の管理事務所は倒産していてゴミ集積所の管理はされていなかった。設置されていたゴミ箱は、およそ縦二メートル、横一メートル、高さ一メートルぐらいか、上部に開閉できるトタン蓋がついていて、それも消耗が激しく、鍵はないが、その代わり五寸釘一本で自然に開くのを防いでいた。人間なら誰でも開け閉めできる簡易的方法である。あるとき、その釘もなく、閉まりが悪いので、新しく買ってきてつけたことが一度ならずともある。その見捨てられたゴミ集積所は管理されていないから、ゴミ箱に入れる手間を省いて、車の窓からビニール袋をポンと捨てていく人たちもいた。夏ともなればバーベキューやらのクマが好きな匂いが森のなかに放散される。そして、別荘族によって植えられたブルーベリーやラズベリー等の実も熟す。その甘い香りが、臭覚がイヌの七～八倍もあるクマを呼び寄せる。

誰でも、もちろんカイバをふくめて、人間は人間中心主義でものごとを考える。悪いのはゴミをあさるクマであり、ゴミを放置する人間の行状は問われない。

クマ射殺のはなしは、こんな森のなかでも、あっというまに広まる。知人と森の小道を歩いているときである、彼女は、もうクマはいないわよねと、藪の方を伺いながら不安そうに言った。ここはもともと彼らの居住地、どこにでもいると思ったほうがいい、とは答えておいたが、クマだって人間が怖い、彼らを驚かさないためにも、ばったり出会わないほうがいいにきまっている。出会わないように、こちらの存在をクマに知らしめることをするのが人間の知恵である。

それから何年経っただろうか、我が庭が再びクマの訪問を受けたのである。すでにワトソンは逝き、ジジと二人きりだった。二人とも一階にいた。庭の向こうの黒い物体に気づいたのはカイバだった。最初の訪問クマが現れた藪のなかのまったく同じ個所からのそのそと鼻を突き出してきたのである。そこはキツネや野生ネコがよく出てくる箇所なので、何らかの匂いの形跡があるのかもしれない。そのクマは大人になりきれていない青年クマらしく、そんなに大きくはなかった。母クマから自立を促されて、仕方なく森のなか食べるものを探して彷徨しているという様子で、後ろ脚で立ち上がりシジュウカラ類のエサ台—千客万来で売り切れ—のなかを覗いたり、太めの木に立ち上がって背中をこすりつけたりしていたが、そのうち、後ろ脚を投げ出した姿勢でぺたりと座りこみ、土をほじくり返しては何かを口に入れていた。遠目からは何を食べていたのか分からないが、その何かも尽きたのだろう、やがて最初の訪問クマと同じ経路で藪のなかに消えていった。

そのときは、クマの食欲を喚起するゴミ集積所は閉鎖されていたので、周辺に留まることもなく、クマの目撃談はいくつかあったが、何も事件は起こらなかった。

あのクマ射殺事件から五~六年は経っただろうか、二〇二三年ごろから、アーバン・ベア（都市のクマ）が人の居住圏内に出ては人を襲う事件が起き出している。どうして、彼らは人間の居住地を徘徊するようになったのか、人間の居住地には豊富な食べ物があるからである。交差しないように対処するのは人間の知恵である。

生ゴースト一家

最初の彼らとの出会いは、巣立ちに失敗したのであろう、落ちている小さいものを我が家の駐車場で見つけたときである。まだ生きていた。なんとかなるかと思った。両親であろう二羽の小鳥が心配そうに頭上を騒々しく飛びかかっていた。彼らに子どもの様子を見せるために、掌にのせて、頭上高く上げた。飛びたてない我が子を見て諦めたのか、やがて飛び去っていった。助けたかった。身体を冷やさないようにして、心臓マッサージをした後、小安を得たように見えたが、結局、半日の命だった。夫婦そろって懸命に育て、ようやく巣立ちのときを迎えたのに、命とはもともと儚《はかな》いものかもしれない。

カイバはその親子がなんという鳥だったのかは知らない。森のなかに移住してすぐだったから、野生の小鳥の種類を見分ける認識力はまだなかったからである。しかし、おそらくシジュウカラだったろうとは想定できる。その後、この周辺で巣作りをしたり、子育てをしたりする彼らを知ったからである。

さて、我が庭にやってくるカラ類は、シジュウカラ、ゴジュウカラ、コガラ、ヤマガラである。「カラ」あるいは「ガラ」が名前の最後につくから憶えやすい。〇〇カラと、名前末にカラという音をもつもの同士、種が違うのに仲がいい。エサを見つけたら、チッチ（ここにあるよ）と互いに呼びあっている。ついでに言えば、シジュウカラは漢字で四十雀と書き、彼らはスズメ目、雀の仲間だという。したがって「雀」の一般的な音読みは「シャク/ジャク」であるが「カラ」とも読めることになる。調べたら、ゴジュウカラは「五十雀」、ヤマガラは「山雀」、コガラは「小雀」とある。

自然のなかにおける彼らの寿命がどれくらいかは知らないが、カイバがここで彼らと出会ってから十年以上は経つから、何回か世代交代が行われているはずであるが、彼らはいつでも平和的だしフレンドリーである。彼らとの交流を楽しむために、庭の中央にエサ台をしつらえ、ヒマワリの種を入れた。一羽の「カラ」が来れば、示し合わせたように「カラ」君たちは次から次へとやってくる。特に夏が終わり、秋に入ると、越冬のための食料備蓄作業に一斉に入る。ヒマワリの種をくわえて飛び立ち、藪のなかのどこかに隠す作業をいれかわりたちかわりと行う。仕事は楽なほうがいいのは彼らも同じであろう、ヒマワリの種をついばんだのち、エサ台のすぐそばの土の中に隠す仕事ぶりを見たことがある。運んだヒマワリの種を土にさしこみ、嘴で上からチョンチョンと押さえ、土をかぶせる。したがって、貯蔵場所は、無作為に選んだ土の下ということになる。貯蔵場所はその時々違うから、彼らも忘れる。忘れさられた種が春になり、森の中に小さな黄色い花を咲かせるなんてこともある。

カラ類のなかでも、特にフレンドリーなのはヤマガラである。カイバの姿を見ても逃げようとはしないばかりか、逆にピッピなのかチッチなのか、「ヒマワリの種、種、種……」と請求してくる。

あるとき、カイバが立つ頭上の枝に二羽のヤマガラが停まった。まだ小さいので巣立ったばかりの姉妹兄弟であろう。ポケットのなかにヒマワリの種が入っていることを思い出して、彼らに向けて「ほら」と投げてやった。下に落ちる種を目で追いかけているが、逃げない。また投げる。そんなことを数回しただろうか、一羽が飛びたち嘴で種をキャッチしたのである。その子にとって、それが最初の学びとなったのはもとより、カイバにとっても楽しい新学習でもあった。

どんな生きものでも、用心深い大人たちよりも子どもたちのほうが冒険好きである。芋を海水で洗って食べることで知られている九州・幸島のサルたちも、最初にイモ洗いを行ったのは子ザルだというから、新しい試みは、まず怖いもの知らずの子どもによって行われるのかもしれない。

ここで会う小鳥たちはカラ類だけではなく、キツツキの仲間のコゲラ、アカゲラ。そして、一度見たら絶対ファンになってしまうような可愛い奴がいる。スズメ目のミソサザイである。調べたら、漢字では「溝葉細」と書くらしい。小さいという意味で「些細」は納得だが、何故に「ミソ」は「溝」なのだろうか、おそらく溝のようなくぼんだ所にひっそり住む小さな奴という意味だろう。とにかく動きがすばやい。身体は全体にこげ茶色で目立たないが、その動きに特徴がある。それは尾羽を直角に上にぴょんと自分の存在をアピールするかのように立てることと上下に振ることである。まるで犬が尻尾を振るように。身体は最小級だが、賢いことに関しては最強である。前章「意識」において書いたが、浅間の家の外窓の上には隙間がある。この隙間からたまたま入ってしまった小鳥たちはパニックになりガラスにぶつかっては右往左往するが、ミソサザイは難なく出ていく。出入りしている姿も見たことがあるから、たまたま入ってしまったのではなく、何かいいものはないかと、意図して出入りしているのかもしれない。

カラ類はフレンドリーで、ミソサザイは知的かつクール。ああ、それから、可愛いやつを忘れていた。非常に地味な鳥、その名前はカヤクグリ（茅潜）。糧は虫。名前が示すように、地面を突っついたりして、茅のなかでひっそりと暮らしているのだが、あるとき、家の二階軒下に、虫なのか、巣の材料なのか、何かをくわえて出入りするのを見て以来、カヤクグリも生ゴースト一家の一員になった。

いや、生ゴーストが彼らの一員として、彼らの世界（fantasy／ファンタシー）に受け入れられた。そう思えば、なおのこと愉快である。

ジェスチャー〈ニホンカモシカ〉

窓の外見えるか見えないかという低位置で移動している硬そうな毛むじゃらけの背を見たとき、えっ、オオカミの背、まさか、オオカミがいるわけがない、じゃあ、キツネ、でもキツネしては大きすぎる、と怪訝に思いながら、窓に近づくと、その毛むじゃらけの持ち主が判明した。ニホンカモシカである。別の窓からそのニホンカモシカを目で追うと、家にそってぐるりと廻り、隣の庭の方向へ消えていった。

いつのまに、あんなに大きくなったんだあ！とびっくり。

そのときから遡ること二～三年前か、ニホンカモシカの子どもと遭遇した。浅間山の方向から道路に顔をあらわしたのである。停車するのに余裕があったので、その子が渡り終わるのを待った。おそらく一歳ぐらいか、母親から独り立ちし、自分のテリトリーを求めて浅間山から下りてきたのだろう。

それから暫くして、車の中からであるが、同じ場所で、よく見かけるようになった。どこをねぐらとしているのか分からなかったが、ご近所さんであることには間違いなかった。彼らの習性なのか、それとも目が悪いのか、音のした方をじっと見る。敵かそうでないのか見極めているのだろう。危害をくわえたり、怒らせないかぎり、平和かつ温厚なご近所さんである。付近を散歩する人たちからもニホンカモシカの振り向き姿の写真を、「ほら」と見せられて、しばし、楽しい会話が成立したものである。

その若いカモシカと我家の窓の外に現れた大きな毛むじゃらけのカモシカと同体かどうかであるが、狭い範囲でよく見かけるから同体であろう。そして推測するに、親から自立を求められて独り立ちしたことからして、男の子であろう。だから、ここではニホンカモシカの君と呼ぶ。

コッ、コッ、コッ……

そして、音量をあげて近づいてくる、コッ、コッ、コッ……

何だろう、あの音は？

かつて聞いたことのない規則正しい音……

ジジが寝ていた身体を起こして、耳をそちらのほうに向ける。

何かが二階の外廊下を歩いているような……

ドアを開けて確認するのも、怖い。

そこで、トイレの小さな窓ガラスを少しだけスライドさせて外をうかがう。

でっけえ、毛むじゃらけ、に思わず窓を閉めた。

我が家の二階外廊下を気に入ったのだろう、それから彼は頻繁に訪れるようになった。蹄の気配から想像するに、東側の頑丈なコンクリート階段から二階の外廊下にあがり、そこを二十メートルほど歩いて西側の端まで行き、そこにしばらくとどまる。そして再び東側の階段に戻っていく。西側にも階段はあるが木造で板と板とのあいだに下が見えるので怖いのであろう。

高地の岩場に住むニホンカモシカだから高いところは好きなのだろうが、それにしてもしばらくとどまって何をしているのだろうと気になった。しかし、外に出て、彼に人間の姿をさらしたくなかった。ここに人間がいると知ったら、もう来なくなると思ったからである。

外には出なかったが、彼がとどまっている外階段の反対側に窓があるので、そこから顔を出して様子をうかがうことにした。音をたてないように窓を開け、下に落ちないように、恐る恐る、できるだけ顔を外に突き出して見ると、まっすぐ前を見つめる彼の横顔が見えた。

何とも言いがたい人間なら哲人のような横顔である。あちらこちら見渡すわけではなく、まっすぐ前を見つめている。その方向は浅間山である。おそらく、生まれ育った故郷への郷愁なのか、それともいずれ戻るべき場所を見極めているのかもしれない。

よく憶えていないが、彼は規則的にやってきたわけではなかった。頻繁にやってくるかと思えば、長いあいだやってこないときもあった。

しばらくのあいだ、そんな訪問を楽しんでいたが、あるとき、彼が二階外廊下を歩いているとき、夏だけやってくる隣家の人が二階のバルコニーから声をかけた。同じ平面上なら襲われても仕方のない距離である。それから、ばったり姿を見せなくなっていたのだが、あるとき、生協の配達物を受け入れるために、ドアを開けて、一階外廊下に出たら、ニホンカモシカの君が右側三〜四メートルほど先をこちらに歩いてきていた。カイバとは初めての対峙である。左側には、道路があり生協のトラックが停まり、配達員さんが今まさに、荷台から荷物を下ろし持ってこようとしている。

どうしようか、二者を鉢合わせさせるわけにはいかない。左に走って、何も知らない生協さんに事情を理解してもらうためには、それなりの時間がかかる。それにカイバが君の前を走ったら、君はパニックに陥って角を立てて追いかけてくるかもしれない。とにかく鉢合わせを避けねばならなかった。そのためには君に引き下がってもらうしかないと、咄嗟にカイバが行ったことは、「お願い、後ろにさがって」というパフォーマンスである。

急激な動作は君を刺激してしまうので、両手を広げ、ゆっくりと前におしだす。そんな動作を、ゆっくり、ゆっくりと、二〜三回、すると、君はゆっくりと方向転換してもときた外廊下を戻っていったのである。外廊下の向こうに君の毛むじゃらけのお尻が消えるのと、白い発泡スチロールをかかえた生協さんが外廊下にあらわれたのは同時ぐらいだったような。

「ねえ、ねえ、今ねえ、ニホンカモシカと鉢合わせするところを、戻ってもらったの」

「何、このおばさん、何、言ってんだろう」

生協さんが、興奮冷めやらぬカイバの言葉を信じたかどうかは知らない。種を超えた交流は、たとえ一瞬であっても、これ以上の至福はない。それ以後、ニホンカモシカの君とは会っていない。おそらく、パートナーを求めて、生まれ育った浅間山に戻ったのだろう。

正一位さまの恋〈アカギツネ〉

まだ明けやらぬ早朝、小さな獲物をくわえたアカギツネが窓の下を通り過ぎるのを見送った。獲物は何だったのか、野ネズミあたりであったろう、食べずに運ぶ、おそらく家族のもとへと、どこか神々しい姿だった。

どこに住んでいるのか、車のライトに浮かびあがる姿と、雪上の脚跡から、アカギツネというご近所さんの存在は知っていた。雪のうえ一直線上に、三十センチぐらいの間隔をあけて肉球の跡を残す。四足がどう歩いたら一直線になるのか分からないが、四足は四足なりのモデル歩きなのであろう。なんとなく威厳を覚えた。

カイバの根拠のないお狐様信仰は、おそらく幼いころの体験からであろう。

その祭りがいつだったのか憶えていないが、その時期になると、近所の駄菓子屋に大きな紙製の旗が売られるようになる。色は何色だったか、おそらく紅白かな、その旗に母が墨で〈正一位大明神〉と書き、それを風で壊されないように掲げながら持って二～三軒先の家の裏庭に入る。裏庭にはお稲荷さんの小さな祠が鎮座していて、すでに、近所の子どもたちでにぎわっていた。その家のおばさんに旗を渡すと、おばさんは旗を祠の前の土に刺し、「仲良くにぎやかに遊んでちょうだい、おキツネさんが喜ぶから」と、駄菓子が入った紙袋をくれた。駄菓子を頬張り、「おんしらばったにりうんそわか」と唱えながら、にぎわいの輪に入る、そんな光景である。


さて、ご近所の正一位さまに実際お会いしたのはどの冬だったたか……。

駐車場の雪かきをしていたら、道をこちらに向かって歩いてくる犬のような姿に気がついた。アカギツネである。雪かき作業をやめて、彼なのかそれとも彼女なのか、ワクワクして、その君が近づくのを待った。

カイバの興奮を知ってか知らずか、二〜三十メートルぐらい手前で、邪魔者に気が付いたその君は、歩みを止め、藪のなかに入ってしまった。藪といっても、冬のそれは裸木の集団で視界は開けている。長くて太い尻尾が見えなくなるまで、カイバは見送った。身体はやせ細っていたが、君の尻尾は大きくふさふさとしていた。

大きくてふさふさした尻尾はキツネの特徴である。そのむかし、その豊かな尻尾を利用したキツネの顔付きショールが流行ったことがある。母が買ってくれたそれを嬉々として首に巻いた記憶を、今になって寒々と思い出す。

君が藪のなかに消えてから数日して、窓から君の姿が見えた。庭で雪をかき分け何かを懸命に食べている。そんなものがキツネを魅了するのか、まさかと思った。表面にカビがはえた糠漬けの糠を食べていたのである。

年末にあたって、冷蔵庫内の掃除をした。キューリ等の野菜が豊富な夏には毎日のように食べていた野菜の糠漬けだったが、涼しくなるにつけて、冷蔵庫の奥に押しやられカビだらけになり忘れ去れていた。土の肥料になるだろうと、雪をかき分け、その下の土もかき分けて捨てていたのである。

糠の匂いが残っていたのか、それともテンやウサギのような別の小動物がその痕跡を残していったのか、その君は、再びその場所に現れた。雪の白さに映えるその場所は、カイバがいつも陣取っている二階のデスクからよく見えた。骨と皮だけの君に哀れみを覚えたカイバは、してはいけないこととは思いながら、いつもの習性で、その場所にジジのドライフードを一日に一回、朝に置いてやった。熊はどこかのねぐらで眠っているだろうから、その君が餌をあいだに争うのはテンかクマネズミぐらいだろうと考えたが、どちらにしてもキツネのほうが捕食者である。

その君は毎日きまったころに現れては食事をしていった。そのうちに、突き出ていた腰骨は見えなくなり、毛並みも美しくなった。だから顔つきもふさふさと美しくなり、キツネ特有の表情を見せるようになった。キツネと言えば、鋭い吊りあがり目が一般的だが、緊張を解き、目を細めると目尻が下がり笑っているような顔になる。その表情がたまらなく可愛い。

いつからか、その君は餌場にウンチを置いていくようになった。テリトリーの主張なのか、恋の相手を見つけるためなのか、そのままにしておいたら、ときどき毛色の違うキツネが単独で姿を見せるようになった。奥様なのか、恋人候補なのか、ともに姿を見せることはなかったが、ある日、興味深い光景をみせてくれた。

その君がいつものとおりキャッツフードを頬張っていると、後ろのほうから例の令嬢キツネが現れた。餌をめぐる何らかの駆け引きを想像したが、令嬢は二〜三メートル後ろで伏せた。その君はちらっと後ろを振り向いたが、意に介せず、そのまま頬張り作業を続ける。

不思議な光景だった。彼と彼女のあいだには、カイバの知らない阿吽の呼吸があるのだろう。

さて、そろそろ、その君が食べ終わるころである。何が始まるのかなと興味津々で見ていたら、令嬢は、その君が食べ終わるのを見計らったようにさっと立ちあがり、その君を待つ素振りも見せずに来た方向へと歩き出したのであった。

そして、やっぱり！　その君はすばやく令嬢の尻尾を追ったのであった。

これから子作りが始まるという予感に、カイバは二度とキャッツフードを置かなかった。親には子どもに捕食方法を教える責任がある。野生を生きのびていくために……。まだ残雪は深いけれど、彼らにとって、季節はもう春なのであろう。幸せにねと、彼らの背に呪文の言葉をかける。

おんしらばったにりうんそわか……

知略〈ヤドリギ〉

浅間山に初冠雪を見た日から数日後、庭の木々もすべて裸になり、あらためて見ると、子ヤドリギが増えていることにびっくりした。周辺の木々が葉を落とすとそれら木々の店子である常緑のヤドリギが目立つようになる。ここに初めてきたときのヤドリギはたしか大きいのと小さいのと一つずつだったはずだ。増えたといっても、ここにも栄枯盛衰の道理はあって、大きいほうの先住（親）ヤドリギは雪の重さに枝が折れたり、葉がパラパラと落ちたりと、無残な様相になり、生ゴースト同様、もうすぐおしまいという感を見せている。

ヤドリギには黄色い実をつけるものとピンクの実をつけるものとの二種類がある。雪の時期になると、空中で球体に育つ常緑のヤドリギは白銀の世界に映える。その実を食べに、レンジャクという美しい鳥もたまに来るが、どちらかというとヒヨドリが多い。身体の大きいヤマドリがヤドリギから落ちそうになりながら実をついばんでいる姿も見たが、あまり美味しくなかったのだろう、すぐに飛んでいってしまった。

ヤドリギは寄生木と書く。名前のとおり彼らの生き方はしたたかである。しかし、大家木に寄生するとはいえ、緑色の葉を持っているから葉緑素で光合成をして自ら養分を得ている。だから、大家にあまり迷惑をかけない店子ともいえる。

ヤドリギの種子はどうやって大家木を見つけて、どうやって根を下ろすのか、そして、どうして同じ林に密集して生えているのか、なんてことも不思議に思ったことはあっても、そんなことは人間の関心外のことで、カイバもあまり気にかけていなかったのだが、しかしその理由を目撃したのである。大家と店子をつなぐ仲介者は鳥だった。

ある白銀の世界、二階の窓の外をなんとなく見ていたときである。ヒヨドリ数羽がヤドリギの実をついばみにやってきた。他の実だったら、たいていの場合、実をついばんだ後すぐに飛び去るのだが、ヒヨドリたちはおのおの近くの枝にとまり、けっこう長いあいだ飛び立ちもせず、羽を休ませていた。暇人のカイバは、何をしているのだろうと、彼らにつきあう。すると、彼らは何やら得体のしれないものをズルズルーと尻から出しはじめたのである。それは不透明な一本の粘液便のようなもの。ヤドリギの種子をとりまく果肉は粘っているので重たい。だから、その粘液便を出しきらないうちは飛びたてないというわけである。

種子を粘着性のある果肉で包み、鳥に食べてもらい、近くの枝で排便してもらう。そこで果肉に包まれた種子は枝に粘着して新しい命となる。親木にとっては非常に合理的な仕組みである。どうりでヤドリギは密集して育っているわけだ。

ヤドリギの子孫繁栄の戦略はすごい。したたかである。

ちなみに、ヤドリギの花言葉は〈魔除け、幸運、神聖〉だが、これらはクリスマスの飾りとして用いられる球体の美しい見た目からきているのだろうが、「知略」としたほうがヤドリギの本質を語っている。

パート2　違境に生きる

「順境の際《きわ》」を生きていたころから数年を経たころ、どうにもこうにも生きることが楽ではなくなってきた。とどのつまり老化に辿り着いたのである。身体の存在（重み）を感じることなく、すべてのことが楽にそして順調に行えた時代は終わり、身体の重さが鬱陶しくなる。これが「違境／苦を感じる境界」に生きるということなのだろう。

始まり

違境への入り口は、思い起こせば、新型コロナ感染症騒動と同時期だったような。新型コロナ感染症が中国で初めて報告されたのが二〇一九年の一二月、つまり、本格的流行は二〇二〇年からである。しかし、森の中に住むひとり身を最初に襲ってきたのはコロナウイルスのような外敵ではなく、右耳の不調という内敵であった。右耳の奥でお囃子のような連続音が鳴り出したのである。二〇二〇年の三月だった。原因はおそらく、小学五年生のとき、一か月以上の入院時に受けたストレプトマイシンの副作用。もともと右耳の聞こえは悪かったのだが、それが老化とともに悪さをしだしたのだろう。次に襲ってきたのがアレルギー発症と続けざまの胃の不調。これら身体的不調に拍車をかけたのが例年にない雪の量である。

もともと好きで森のなかに住んでいる。冬の雪も想定内のうちだったのだが、その年の冬は大雪にくわえ、契約していた除雪車に問題があった。それ以前の除雪車は道路に積もった雪を道路わきに除けていってくれたから、スタットレス・タイヤに履き替えた四駆車で難なくどこにでも行けたのだが、その年の除雪車は除雪車ではなく耕運機のようなもので、雪を平らに均していくだけだから、除雪したようには見えるが、道に残る雪の厚さはそんなに変わらない。ふわふわな雪のうえに、不用意に車を走らせようものなら、たとえ四駆でスタットレスであってもはまってしまう。

自分は家に閉じこもっていればすむが、自分がここに住むゆえに、ここまで雪道を走らせなければならない他の車を心配した。郵便局の配達車、灯油のタンクローリー車、生協の配達車等である。どうしても心配してしまう。それまでストレスと感じたことはなかった雪なのに、降れば降るで、積もれば積もれで、四六時中悩ましてくる。

自然や雪の外因性要因と老化という内因性要因が絡まった本格的違境の世界へと真っ逆さまに落下したのであった。

生と死

風が心地よく感じられるようになった九月の中頃、一羽のカラスが馴染みの枝に止まり、カイバを見下ろした。五月の中頃から見なくなったバウなのか、試しに「バウ」と呼びかけてみる。「バウ／bow」はお辞儀という意味である。これに反応してお辞儀をすれば、彼である。最初は無視されたが、数回呼びかけたら渋々という態で、下げたのか下げなかったのか分からない程度に顔を下げた。

だったらと、いつもの場所に熟れすぎたバナナを、皮を剥いておいてやると、下りてきて突っつきだす。お辞儀をしたら見返しがあるという、一羽と一人とのあいだにしか分からないルールである。すると、どこにいたのか、「私にも」というように別のカラスがバウの横に下りてきた。おそらくバウのいい人であろう。そしたら、高みからのギャアギャア騒ぎ。巣立ちしたばかりの子どもだと見た。食べたいけれど怖いというところか。うるさいとばかりに残りをくわえたバウが低飛行して庭から出ていくのと同時に、バタバタと別の羽音が二か所から立ち、飛べないカイバだけが残された。

アカギツネの訪問を受けた次の夏の終わりだっただろうか、いや秋の初めだっただろうか、まだ成猫になっていない、かといって子猫でもない、人間で言えば思春期にあたるであろう大きさの、顔と尻尾に薄茶色のトラ模様が薄っすらと残る白い猫が我が庭を訪れるようになった。見るからに痩せていたから、ジジ用のドライフードを置いてやる。

カイバが近づくと遠ざかり、カイバが遠ざかると近づく。カイバとの一定距離を保ちながらも自分の存在を主張するという感じである。どこで生れて、どうやってここ森のなかにたどり着いたのか分からなかったが、性格はすでに人間を信じないという野生だった。家には飼い猫ジジがいるから、感染症等を考えて家に入れる気はなかったが、向こうにもそんな気は毛頭ないことはすぐ分かった。食べ物が潤沢になったせいか、一か月もすると肉付きもよくなり、身体も大きくなる。尻尾を高々と上げて歩く後姿はもう立派な男の子である。そんな白だが、家の付近を散歩していたときに、離れた小高いところからニャーと呼びかけられたりするようになれば気になる存在になる。二～三日も姿を現さないときは、どうしたのだろうと勝手に心配するのが人間の性である。どこを住みかにしているのか分からなかったが、一週間も姿を見せなければ猶更である。キツネにでも食べられたのだろうかと心配する。カイバが心配してもどうにもならないのだが、暗くなりつつある森の小道を名前を呼びながら付近を探してまわった。探し回りながら思い出していた。この胸騒ぎはあのときと同じだと。

自転車通学する高校生の娘が暗くなっても帰ってこなかった。当時、周辺では女子はつれさられてアジアに売られる、なんて噂がたっていた。今、思い返せば、まだ事件として表沙汰されてはいなかったが、北朝鮮連れ去り事件が発生したころと時を同じにしているから、そんなところが噂の大本だったのかもしれない。娘がいつも帰ってくる田舎道を、母親は小走りに逆走した。闇の向こうにそれらしき影があらわれれば、あれかなと願い、違えば、次の影を求めて小走る。次の角から、次の角まで、そして、その次の角までと、息切れしながら。

「何やってんのよ……心配し過ぎじゃない」

娘の言葉に、尋常でない胸騒ぎはたちまちにして消えた。

娘と野良猫とは違うだろという考え方もあることは承知している。しかし、生きる時を共有する命の重さには上下はない。少なくともカイバにとっては。

さて、季節の移り変わりは顕著である。白い腹を空にむけているやまかがしの口角に平然と乗っている一匹の蟻に、自然界のおきてを知らされる。ひっくりかえって転がっているスズメバチの骸が一日ずつ数を増してゆく。新しく生まれてくる命、消えていく命と、カイバの知らないところで、命の交換は密かに行われている。植物の世界も同じ、葉を落とす時を少しずつ変えて彼らは種類ごとに順番どおり、葉を落としだし、一週間もしないうち裸木になる。そうやって、寂しくなった森には、いよいよ冬将軍が到来する。

もうすぐ雪が降りだしそうな季節になっても、白はやってきた。どこか雪の少ない下におりて、たとえば、農家の牛舎にでも潜り込み、ネズミでも捕ってやれば、有り難がられながら温かい冬を過ごせるのにと願ったのだが、雪が降りだしても白はやってきた。放っておくわけにはいかないから、家のなかにいるジジとは接触できない雪が入りこまない中廊下のようなところに布団を敷いて入れてやった。そこで空腹や雪をしのげても白はカイバへの警戒は解かなかった。猫砂トイレを置いてやったが、そこではしてくれず、カイバの新しい仕事として毎日の便尿の始末が加わったが、白の命が続いてくれることのほうが嬉しかった。

雪、雪、そして、また、雪……
外は真っ白
胃が悲鳴をあげる
食べられないよと
それでも食べる
ジジのためにと
白のためにと
かろうじて、かろうじて私の命があれば
この雪のなか、彼らの命もつづく

しかし、とつぜん、ジジが壊れた。ギャーとひと鳴きしてベッドから落ちるようにして降りると、すでに後ろ脚を引きずっている。朝を待ち、雪のなか、どうにかして車を走らせ、獣医のもとへ。

獣医はジジを床に置き、這いずり方を診るために、カイバに「呼んでみて」と言った。呼ぶ必要はなかった。ジジは、呼ばなくてもカイバの足元に必死に這いずってきた。その姿にカイバはジジの言葉「僕をおいていかないで」を聞いた。レントゲン写真と血液検査の結果を見せながら、獣医師が言った。ハート型の血栓塊が両脚につながる分岐で血流を止めている。ハート型を作るのは先天性。血栓は心臓にはきているが、腎臓にはまだきていない。手術すれば助かる可能性はある……と。

可能性という言葉がカイバの心を決めた。不確実な可能性のために、これ以上、ジジを苦しめたくない。たしかに、手術すれば一時的には命を取り留めることはできるかもしれない。しかし、ハート型血栓塊が先天性なら、仮に命が取り留められても再び発作がおこる可能性は少なくない。

ジジは人間によって作られた巻き毛が特徴の「セルカーク・レックス」というブランド猫である。頑丈ではない。年齢を重ねるに、カイバと同じアレルギー体質となり、獣医師の処方で数か月前からステロイド薬を摂取している。猫の場合は人間のような副作用はないらしいが、ジジもカイバ同様に違境に生きだしていたのかもしれない。

命は生を楽しむためのものである。苦しむための命なんていらない。

何が無慈悲だって、このままジジを置き去りにすることだった。自ら外に出ることは一度もなく、来客のたびに隠れる臆病もののジジ。人手に渡されて、去るカイバの後姿を見る、その心境が想像された。死以上の恐怖に違いない。置き去りにはしない。

最後まで傍にいてあげたい、と連れて帰った。

長い悲鳴〈アーア……〉のあとに
カイバは聞く
おまえのせいだ
おまえのところに来たからだ
ごめん許してとジジを抱きしめる
私のところに来なけりゃ
幸せでもっと長生きしたかも
ごめん許して

でも、私は幸せだった
のけぞるジジを抱きしめる
そして最後の、アーーーー
連れ帰って三日後の朝八時十七分だった。

この悲鳴が……
いつまでも、いつまでも
カイバのこころに突き刺さる
もう生きている必要はない
〈アーア〉と、ひと声あげて
ジジのように、私も死にたい
ジジのいない家に色はない
ジジのところへ行こう
あと二週間も食べなければ……
死ねるはずだった。

機能性ディスペプシア

友人が電話したらしい、民生委員の方が来て、救急車が手配された。コロナ抗体検査や入院の手続きが終わって病室のベッドに横たわった。

入院時に告げられた病名は機能性ディスペプシア。胃癌でも胃潰瘍でもない。年相応に胃壁にポリープや炎症はあるが、器質的には悪くはない。

と、医者は言うが、胃の調子は非常に悪い。食べられない。

現代医療は映像や数値が絶対。機能的にはどこも悪くない。不調は脳からかもしれないから心療内科に行けと、医者は投げやりに言う。

心療内科で薬をいっぱいもらって飲んだら、脳と胃を騙すことができるってか、騙されてたまるか。だったら、食べたくなくても、無理してでも食べればいいだけだ。

入院日から一週間ほど点滴をうけているのに、病院食もそれなりに食べているのに、入院時よりさらに七〜八キロ痩せた。見た目は骨と皮、まさに拒食症の様である。寝てばかりいるから筋肉がおちるのだと、医者は言ったが、原因は別のところにあった。気が付いたのは退院一か月後である。朝からの疲労感と筋力低下そして末梢神経のしびれ、薬の副作用を疑うしかなく、高脂質症薬のミリ数が倍になっていたのを薬手帳から知ったのである。

「同じ薬は使いたくないんだ」

入院時、まだ病室に移る前のベッドに横たわるカイバの耳に届いた医者の言葉である。医者はどこかに電話をしているようであった。その意味を知ったのが、二倍になっていたミリ数を認識したときであった。入院時に持参した薬はすべて没収され、別の薬が一回分ずつ配られたのだが、まさかミリ数があげられていたと気が付くわけはなかった。


白を置き去りにしてきたことを思い出したのは入院した次の日であった。民生委員やら救急車の到着やら、入院支度やらと、私自身忙しくて、すっかり白のことを忘れていたのであった。知人に電話して急遽、外に出られるドアを半開きにすることを頼んだのであった。雪のなか生きていけるか分からなかったが、閉じ込めておいても食の手当てがなければ、いずれ死ぬ。カイバはベッドのなかで後悔した。

野生の猫に寝床の用意は余計なことだったと。たとえ命のためであろうと、人間による自然への介入は法度である。彼らには彼らの生き方がある。それへの介入は人間のエゴであると。

白内障を患っていたから窓からの光には弱い。すべてが白い靄のなか。体重減少が体調不良に輪をかける。

「I am always here with you!」いつだって俺はここにいるぜ！

「shut up!」うるせえ、黙れ！

自分の胃ながら、うるせえったらありゃしない。

奴の常時的緊張に加えて、めまいと耳鳴りとハウリングと、悩ましいことは入院前と変わらない。

入院中の日課は……、
一、七時起床……看護師か介護士のどちらかによる便尿の回数聴きとり
二、温かいほうじ茶の配布
三、朝食前後摂取の薬配布
四、朝食の配膳

五、看護師による体温、血圧、血中酸素飽和度測定
六、十日ほどで終わった電解質の点滴
七、昼食の前後摂取の薬配布

そして昼食。一回にたくさん食べられないということで、午前と午後のおやつが加わり、五回食になった。そのぶん三度の食膳から副食一品が引かれ、カロリーの一日摂取量は変わらない。簡単に言えば、三度の食事と、その前後の薬摂取と二度の間食。朝夕の検温、血圧測定、血中酸素飽和度測定、三日に一度の入浴、こうやって一日はとどこおりなく過ぎる。

入院病棟の病室は満杯のようだったが、コロナ禍で見舞客の姿はゼロ。人と接してはいけないコロナ禍とはいえ、たまに廊下を車椅子で移動する女性入院患者と会うぐらいで、廊下を自分の足で出歩ける入院患者はカイバぐらいだったかもしれない。

大部屋は満杯で、あてがわれたのはトイレ付きの一人部屋だった。朝晩の検温時以外は静かだったが、夕方、決まった時間になると、廊下を伝わって女性の悲鳴が聞こえてきた。ジジの悲鳴と同じで、あーああああああ……。そのあと、ジジの言葉がカイバの耳に

刺さる……。

苦しい……なんでえ……、カイバのところに来なけりゃあ、こんなことには……

その悲鳴は一週間もしたら、聞こえなくなったが、夜中に、廊下を伝わって別の悲鳴が聞こえてくることもあった。闇をつく悲鳴は尾を引いて止まずカイバの全身を突き刺してくる。廊下をバタバタと走る音が聞こえるとやがて悲鳴は止み、静寂がもどる。しかし、あるときは、なかなか止まないときもあった。患者の悲鳴が聞こえないのか、それとも看護師や介護士に別用があったのか……。

すべてが女性の悲鳴である。女性たちはカイバと同年代かそれ以上であろう。親や夫に従い、舅、姑を見送り、夫も見送り、元気に働らいているうちに気がついたら、長生きしてしまっていた。子どもに迷惑をかけちゃならねえ、しかし、どうにもならねえ……。すまねえ……、逝かしてくれえ……と。

廊下はマスク着用で自由に歩けたが、たとえ入口のドアが開いている大部屋でも入ることは憚られ、敢えて室内の様子を見に入ったことはない。出入りしているのは看護師か介護士のみであった。入院して治癒し退院するという病院とは雰囲気が違うと気づいたのは、入院して二〜三日ほどしてのことである。看護師以外のスタッフが入ってきて言うには、ここの入院は一か月が限度だということと、後の行き先はどうするかという話で、転医か介護施設へと移るか、とかなんとか、そんな話がもちだされた。

そのときは完治して家に帰るというのが、退院の定番だと思っていたから、少しムカッとして、「家に帰ります」と答えたが、後から思えば、スタッフの言葉に合点させられたのであった。つまり、他者から見たら、カイバも歳を重ねた独居老人である。

闇をつんざく悲鳴に目覚めさせられ、悶々と眠れないベッドの上で、カイバは己の夜が永久に明けないことを願った。

温もりの記憶

眠っているのか目覚めているのか、ながいこと、うつらうつら……、
眠っていたとは思うが、それも定かではない……

このまま死ねたらと思いながら、うつらうつら……
そのうつらうつらのあいだ、多くの人影があらわれては消えていった
あの子、あの人……いろいろな人があらわれた。
七十年以上の長い、長い人生で……
強いつながりがあったわけではないが
なんらかの交差があった人たち
一度も思い出したことさえない人たちだが
でも、すぐ、ああ、あの子、あの人と分かった
背景が記憶を導き出す
ああ、そんなことも、あんなこともあったと思う
そのなかで、ふと、ぼーっとひとつの人影があらわれた
と、その影に後ろから抱きしめられた
そういえば、あのときも
こうやって、ずうっと、抱きしめられていたような
ただ、ただ……後ろから抱きしめられていたような

君を離したくない
言葉はそれだけだった
微かな寝息
窮屈、離して……
しかし、言わなかった
彼の心を傷つけたくなかったからか……
抱きしめる以外、何もしてこなかったからか……
赤いランプシェードのお礼か……
分からない
分かっていたことは
とても居心地が悪かったこと
しかし、抱きしめられていることに不安はなかった
彼の友人の家、リビングルームのソファのうえ
二十歳前のクリスマス・イブの夜
当時のデイトのトレンドはドライブ

赤いレンタカー
第二京浜を横浜へ
海岸ぞいのレストラン
煌めく夜景
プレゼント
入ったこともない銀座名店の包装紙
赤いチェック柄のランプシェード
美しい大皿に
美しいフレンチ
なにもかもが、初めて
かけ離れた世界
居心地が悪い
背伸びが見える

何ゆえに、今、あらわれたのか

何ゆえに、こんなにも心が揺さぶられるのか
別れを告げて以来
一度も思い出したことがない人なのに
分かっている
けして忘れえなかった理由
友人たちと雑談をしているとき
耳に入ってきた言葉
自殺したのよ、○○さん
彼を知っている友が
誰へともなくポツンと言った
それだけですべてを察した
私に向けられた言葉だと
私だけにしか分からない
誰の耳にもかすりさえしない
彼の名前

訊き返すこともせず
聞こえていないふり
何もなかったかのように雑談を続けた。

ひょんなことで出会った二人
若かった私
大人だった彼
何も求めてこなかった彼
甘えさせてくれた彼
私の意思を尊重してくれた彼
しかし、私の感情は恋にはならなかった
しかし、愛でもなかったとは言えない
愛にはいろいろなかたちがある
一方的に愛される
見返りを求めてこない愛

愛されるだけの愛
心地よい愛
若かったカイバのエゴ……
彼が発した結婚という言葉で区切りがきた
彼の心をもてあそぶつもりはなかった
拘束よりも自由を
別れの言葉は無条件に受け入れられた
だから自殺するほどの執着があったとは
実のところは何も分からない
知ることを拒絶したことへの報いかもしれない
人間には興味がなかった罪を知る

目がしらが熱い
気がつけば
白いシーツが濡れていた

いつも自由を選んできた
後悔はしていない
でも、でも、でも
いまになって分かること
あの背中の温もり
無条件の愛の温もり
それは、それ以後、けして手に入らなかったもの
いま、海馬は何故に
我が子でもなく、母でもなく
あの温もりを思い出させたのか……
ワトソンやジジの温もりを失った
カイバを憐れんでのことか
カイバに残されたのは
あの温もりの記憶だけなのか
海馬が答える

そうだ……と。

生存と意識そして涙

ときに意識は生存を懐《なら》し、ときに生存は意識を懐《なら》す。

こう信じて生きてきた。意識と生存の力関係は対等、それが生命のルールであろう。しかし、己の意識は己の生存より強いと言い聞かせてきた。涙なんて流さないと。強くありたいと。再びしかし、そうではなかった。雪に閉ざされて、己のちっぽけな意識ともども生存は環境に強く左右されると思い知った。自然はときに優しい顔を見せるが、ときには容赦なく厳しい。アレルギー発症と目や耳の身体機能の不調、そしてジジの突然の死と、いろいろ負の連鎖が重なり食欲のすべてを失い、先に書いたように、一か月の入院におよんだ。

退院は三月十一日、森のなかの家に戻る。周りはまだ雪だらけ。退院後も体調不良は続く。この不調は、己の身体つまり生存を懐《なら》せない己の心つまり意識の問題でもあると思ってはいても、どうにもならないものは、どうにもならない。この不調は老化つまり細胞の死滅だと現実を受けとめるしかない。耳の不調と白内障とがくわわって、身体の動きすべてがスラゲッシュ（sluggish）である。

ミリーがよくこの言葉を使っていたことを思い出す。スラゲッシュとは排水口からなかなか水が捌けない状態だと彼女は言っていた。彼女とは二十歳違い、彼女と初めて会ったのが、たしかカイバが四十七歳ぐらいのころだから、そのとき彼女はすでに六十八歳だったはずである。人工股関節のためか歩行は緩慢だったが行動力はすごく、スラゲッシュとは程遠いパワフルな女性だった（参照／拙本・夢の跡の塵芥）。彼女がスラゲッシュという言葉を頻繁に使うようになったのは、カイバが帰国を決め、もう彼女とは会えないと覚悟をきめたころであるから、彼女は七十五歳つまりカイバの今の年齢になっていたはずである。その言葉の意味を、カイバは今更ながらに実感する。

その十五年後、ミリーは娘に看取られながら旅だったが、カイバのなかでは生きている。

Millie is now free, being able to fly to anywhere in a moment.

So we can see anytime, going beyond time and space.

と、ミリーの娘に悔やみの手紙を書いた。

退院して一週間ほどして、雪のなかから奇跡が現れた。白に呼びかけられたのである。すっかりやせ細り、何かと戦ったあとなのか、無惨にも顔と首は傷だらけ、地肌がむきだしになっている。それでも雪のなかを生きのびていた。涙が出た。嬉しかった。ごめんね。置いてきぼりして、何処でどう生きていたの？　何処でどう生きていても、生きていてくれた。ただそれだけで嬉しい。感情の発露それとも爆発？　爆発に近かった。かつて覚えたことのない種類の感情だった。

それからも、雪、雪、雪は止まない。道路は四十センチの積雪。いくら四駆でスタッドレスタイヤでも、カイバの小さな車では走ることは無理である。間違いなく雪に嵌る。いったん嵌ったら病持ちのババアにはどうすることもできない。また閉じ込められることは避けたかった。村道以外の道路の除雪は役場の仕事ではないが、村の除雪を請け負っているHさんを役場に紹介してもらい、とりあえず主要道路に出るまでの道路の除雪がなった。Hさんは、こんなところに婆さんが一人で、しかも雪のなかで生きる野生ネコの白にびっくりしたようで、これからも雪に困ったときは電話をしてください、という優しい言葉をもらった。除雪のお陰でその後一週間程度は難なく過ごすことができたのだが……。

四月の三日から四日にかけて再び大雪が降った。四十~五十センチの積雪である。翌日の五日は白内障の手術の予約日である。山を下って十時半ごろまで病院に入らなければならなかった。タクシーは予約してあるが、タクシーは四駆車ではない。さて、どうしようか?

Hさんに電話をした。病院行き等の事情を話して、タクシーが通れるように除雪をお願いした。Hさんは快く引き受けてくれた。くれたものの、後になって、どうにもこうにも行かれないという電話があった。というのは、そのときの降雪は村じゅうどこもかしこも大雪で、除雪作業がまにあわず、カイバのところまで行かれないということだったのである。

とはいえ、Hさんはいろいろな手配はしてくれた。タクシー会社に電話をして、四駆タクシーを回してやってほしいとか、カイバの近くで大きな四駆車をもっている人に、カイバを家まで迎えにいき、タクシーが入れるところまで送ってやってほしいとか……。

しかし、結局、当日朝に迎えにきてくれたのはいつものタクシー運転手のEさんだった。そろそろ時間かなと外に出たら、百メートル先の曲がり角あたりで、タクシーとその後輪付近で何かしている人影が見えた。おそらくEさんであろう。カイバは入院用品を入れたリュックを背負い、滑らないように、一歩、一歩、そこまで歩いた。Eさん、チェーン装着を試みている。雪でスムーズにいかない装着をなんとか終えて、タクシーは除雪された村道へと続く雪の坂道をのぼる。後ろ座席のカイバはどうかのぼりきりますようにと祈る。ハンドルを握るEさんの緊張がカイバに伝わってくる。

やっとのことで村道に出た。祈りが通じた。ありがとう！

そして、三十数分後、病院の表玄関の前。

「絶対うまくいきますよ。祈っています」

「ありがとう」

「明日、迎えにきます」

「ありがとう」

と、タクシーを降りる。ありがとうの他にどんな言葉がある？　玄関ドアの前で振り向くと、タクシーはまだそこにいて、Eさんが手を振ってくれていた。

ありがとう……。

話を少し過去にさかのぼる。一挙に視力が悪くなった。そこで、車で三十分以上の眼科医に行った。白内障診断検査を受けるためには、散瞳薬を点眼して瞳孔を開いて検査しなければならない。検査後の数時間は目がぼやけるので車の運転は差し控えねばならず、病院への往復はタクシー頼みになった。というわけで、森のなかにある家は分かりにくい。タクシーの運転手さんに知ってもらわねばならない。そこで、簡単な自宅地図を書き、送迎予約のために、駅前のタクシー待機所にでかけた。そのとき出会ったのがEさんである。眼科通いは手術日だけではない。検査のための通院もある。送迎の運転に長い待ち時間が加わる。それでもEさんは快く待ってくれていた。タクシーの後ろ座席の心地よさと、乗っているあいだの会話の楽しさを初めて知った。

そんなこんなで、Eさんのおかげで、予約時間までには病院に到着し、白内障の手術は成功した。

翌日六日の午後、タクシーで戻ってきたときの家のまわりの雪はあきれるほどに溶けていた。さすがに四月の雪である。退院したのち、白が姿を見せないことに気が付いた。大雪のなかの入院騒ぎですっかり忘れていた。彼の姿を最後に見たのは、入院日の前々日の朝だったような。再びの奇跡を願ったが、白は二度と姿を見せなかった。人間は都合のいい生き物である。己のことにかまけると他を忘れる。

涙、涙、涙……すべてが涙の材料だった。入院日にあわせたように降った大雪も、Eさんとの出会いも、Hさんとの出会いも、白との交差もすべて偶然だったのか、あるいは必然だったのか、それは分からない。しかし、カイバを助けたのは情愛をいくつも紡いでの奇跡である。涙の大河は生存と意識のはざまを流れるのだと……初めて知った。

赤いピアノ

生きてきた痕跡を消す作業は入院前から少しずつ行ってきたが、最後まで残っていたものがあった。赤いピアノである。赤いから彼女と呼ぶ。

あっちに行ったり、こっちにいったりと、米国留学時以外は文句ひとつ言わず一緒についてきてくれて、かれこれ三十五年ぐらい、彼女はそばにいてくれた。

カイバが最初にピアノというものに触れたのは高校生になってからである。そのころ、貰い物だったのか、何故か家に古いオルガンがあった。そんなことがピアノ教室に通いはじめた動機だったのだが、しかし教室をやめるのに一か月かかったかどうか。やめた動機もはっきりと憶えている。高校生であっても練習はバイエル教則本のドレミからはじまる。自分の番がくるのを待っているとき流れてくる難しそうなクラッシック曲と教室から出てきた小学生の女の子、そのギャップに心が折れた。それに拍車をかけてきたのが、家でドレミと練習していたときの父の怒声「うるさい！」だった。うるさいと怒鳴る父に怒ったわけではない。私自身が自分が叩きだす音にうんざりしていたからである。

再びピアノの練習にとりかかったのは保育士（当時は保母）の免許取得に挑戦したときであった。子どもを抱える女はパート仕事さえ雇ってもらえなかったので、何か資格をと思ったのである。バイエル百ぐらいまでの実技試験が課されていたから、再びピアノ教室に通った。ちなみに試験には一発で合格したが、子育て女の再就職は無理だった。たとえ資格保持者であっても勤務時間が制限される子持ちには短大卒の独身保育士の壁を越えることはできなかった。遠い昔のことである。

それからどれくらい経っただろうか、近所のスーパーに便利な掲示板があらわれた。使えるけれど不用になったものを必要とする人に譲る情報交換の掲示板である。息子が小学生のときに使用していた剣道具一式を譲ったことがある。譲るというよりも、貰ってくれてありがとうの意識のほうが強かった。まだ立派だけれど必要としない、しかし捨てるにも冥利が悪い。もともと剣道をやりたくなかった息子である、譲ることに異存はなかった。強制したつもりはないが、彼としては強制されたと思っているかもしれない。

赤い彼女と出会わせてくれたのは、まさにその掲示板だった。今でいうマッチング・アプリである。最初は置く場所がないから置かせてほしいということだったが、彼女が来てどれくらいかして、結局、十万で買ってほしいということになり、それ以来、彼女は私とともに生きてきた。私自身がピアノを習いたかったのか、ピアノが家にきたから、すでに中学生か高校生になっていた娘がピアノを習いだしたのか、そのあたりは定かではないが、二人だからとピアノの先生に家まで出張教授してもらった。

私が曲りなりも弾けるようになった曲は……

「月光」

「エリーゼのために」

「子犬のワルツ」

「マイ・ウェイ」等々……

それから、何だったっけ、すべて中途半端だけれど、それでも、ピアノを奏でるという楽しみは教わった。


彼女は生き物ではないが、放置しておけばいずれ朽ちて音を出さなくなる。つまり死である。カイバが死ねば、放置された彼女もいずれ死ぬ。寂しいけれど、彼女を誰かにもらってもらわなければと、かつて調律を依頼したピアノ屋さんに電話をした。

ピアノ専用乾燥器を設置していたので、湿気で傷むこともなく、調査してもらった結果、彼女の健康度は良好で、引き取ってもらうことができた。これで、新しい持ち主に弾いてもらえる。

ピアノ運送屋さんに運ばれていく彼女を見送った。

今までそばにいてくれて、ありがとう。

しばらくして夢を見た
数人がかりで運ばれている彼女
階段を移動できない
踊り場を曲がれない
みんなして、どうにかして持っていこうとしている
どうにもできない私は後ろから見ているだけ
目覚めて思った
持って行って欲しかったのは
私の命だったと。

ボロボロになったピュア（pure）

起きていても疲れる、横になっていても疲れる、身体のやり場がない。眠っているのか目覚めているのか曖昧の状態で悶々としているとき、頭の上の靄のなかにカラス二羽が現れ、電線の上で何やら口論をしだした。

「もうずいぶん昔のことだから忘れているさ、俺たちのことなんか」

「そんなに薄情とも思えないけれどなあ、それに、あのときは、あの老人と会ったすぐ後だったし、それに足蹴りまで披露したんだぜ、憶えているさ」

「そう言えば、俺たちの足蹴り喧嘩を見て、驚いていたなあ」


足蹴りという言葉に頭の上の靄が晴れた。カラス二羽による足蹴り喧嘩。忘れるわけがない。長いこと思い出しはしなかったものの、前章の「異種ｂｕｔ同質」に登場させた旅烏のカラスＡとカラスＢである。

そういえばと思い出したのは、老人からもらったささやかな贈物である。あれら二つはまだ冷蔵庫の中にあるのだろうかと、カイバはおもむろに重たい頭を上げて起きあがった。老人から手渡された一本の小さなケーキ・キャンドルと銀紙に包まれた一つの小さなチョコレート。たしか冷蔵庫の調味料棚に入れたまま、取り出してみることもなく、そのままになっているはずである。入れたときは、大切に保存したつもりだったが……、すっかり忘れていた。

「あなたはピュアな精神をもった人です！」

その老人は初めて出会った老這子に向かって、そう言った。そう言いながら、手渡してくれたのがキャンドルとチョコレートである。

そう、あれはサンフランシスコでの出来事だった。もう十四～五年以上も前、大学を卒業して帰国し、あらためてサンフランシスコに三か月ほど滞在したときの話である。キングストリートをワン・ブロック入った海岸沿いの道を散歩していた。季節はまだ冬だったが暖かい日差しと海からの風が心地よかった。ベンチに座る白いひげをたくわえた老人がパンをちぎっては海カモメに投げてやっていた。老這子も彼らと遊びたかったが、あいにく彼らが好むものを持っていなかった。そこで、その老人の横でその光景を楽しむことにした。

「ハロー、楽しそうですね、横に座ってもいいですか？」

「ハロー、もちろん。彼らはとても悪いんです。」

「誰が悪いんですか？」

「男たちですよ」

老人は、お前たちは悪いお前たちは悪い、というようなことを言いながら、足もとに広がるすぐ下の海にたむろしているカモメ群ではない、遠慮気味に少し離れたところで波に揺られているカモメたちに投げてやっていた。しかし、老人が投げるやいなや足もとのカモメたちが寄ってたかって横取りする。

「ほらね、彼らは悪いでしょう。ダメだ、ダメだ、横取りしちゃあダメだ」

老人は老這子を見て言った。

「ほらね、メスはいつもオスから奪われるんです」

他には、そのとき、老人と何を話したのか、よく憶えていない。あなたはどうしてここに?と訊かれたことは憶えているが、何て答えたか、何を言ったのかは憶えていない。ただ、〈あなたはピュアな精神をもった人です〉というようなことを言われたことだけは憶えている。おそらく、老這子の余計なことを言わない受け答えが、その言葉を老人から引き出したのかもしれない。見知らぬ人から、そんなことを言われれば心に残る。老人から手渡された子供だましのような二つを捨てられなかったのにはそんな理由があった。

自分自身がピュアかどうかよりも、あの手渡された一瞬がピュアだったと思い出す。ピュアな心は誰のためでもない。自分のためである。自尊のためである。己を気高く保つための手段である。自分を好きでなければ幸福感はない。

小さな二つのものは
銀紙のボロボロになった痕跡だけを残して
冷蔵庫の調味料入れの隅で粉々になっていた
時の経過はすべてを破壊する
当然にカイバになった這子も同じこと
潔くありたい
ピュアでありたい
生きているかぎりは……。

摂理

カイバがそう呼ぶ我が〈カイバの庭〉は、森のなかの少し開けた場所と表現した方が適切であろう。なにしろ周辺は背の高い樹木で覆われ、別荘地開発時の主要道路はなんとかその形は保っているが、そこ以外は深い緑の重なり。その道路も管理事務所が潰れて以来管理されぬまま、その領域を少しずつ緑に明け渡し始めている。地球の管理者である植物にすべてを明け渡すのも時間の問題だろう。もちろん、カイバの庭がそうなるのに時間はかからない。

退院後、最悪な体調を抱えてのカイバは、三度の食事の用意と食べるとき以外はベッドのなか、外に出るのも億劫、まして庭の整理などする体力や気力など全くなく、生えるにまかせ、伸びるにまかせていたら、足の踏み場もないほど下草で荒れ放題、いろいろな実生木は好き勝手に芽を出し、あっというまに背をのばす。しかも隣地も高い木々と下草伸び放題の藪である。彼らには境界なんてものはない。ただ、ただ、生きる権利を主張するのみ。もともと彼らの領土であるから人間の所有権を主張するつもりはないが、放置していたら、ブヨやらマダニの住まいである藪はカイバの庭を侵食し続け、そこに立つことさえままならなくなる。彼らの生命への執念は逞しいものがある。特に雪が多かった次の春はその執念を見せつけられる。

二階の窓から間近に見る木々の様相は、地面から見上げるのとも違うし、離れて全体を眺めるのとも違う。季節ごとに日ごとに変化する幹、葉、花、実のそれぞれが直接カイバに語りかけてくる。彼らの名前はナナカマドであったり、白樺であったり、それと名前を知りたいと思いながら未だに知らない、立ち姿になんとも言いがたい風情がある幹の持主だったりする。気がつけば、ここで初めて会ったときよりも、彼らは背を伸ばし、枝を広げている。とはいえ、楽々と順調に成長しているわけではない。根を同じくする木でも枯れる枝もあれば新しく芽生える枝もある。全体を成長させるための手立てなのか、病気の枝や葉は潔くきりすてるということかもしれない。

そんな折、三月十一日に退院してどれくらい経っただろうか、二階からの光景に見たこともない異なものが加わっていることに気づいた。窓のすぐ近く、ナナカマドの枝から見たこともない紅い塊を乗せた小枝が上に向かって十五センチほど突き上げている。その塊は何なのか、まさか新種の花ではなかろうと気にしていたら、他の枝枝から初々しい新緑が息吹きだしたころ、手のひらを広げるようにして本当の姿を現したそれはすでに紅葉した病葉だったのである。死んだ／病んだ状態で生れてきたと言っても過言ではないだろう。

六月に入り、終日の雨、雨となり、庭に置きっぱなしの赤いバケツに雨水がいっぱい溜まったころ、気がついたらその病葉は消え、十五センチほどの枝骨のみが天を貫くように残っていた。その枝骨を乗せている幹の表面はボロボロ、白いコケ状の斑点に覆われ、いつ折れても不思議ではない状態である。しかし、その幹から下は見るからに健康な枝と葉を茂らせ、ヤドリギまで養っている。そのナナカマドの状態をどう見るべきなのだろうか。

返答をしてくれるものなら、そのナナカマドに訊きたい。

何のために、わざわざ本体のエネルギーを使ってまでして、花のように見せかけた病葉の塊を芽吹かせたのかと。

自分の身体のどこが生死の境界なのか知るために試しに芽吹かせてみたと、答えるかもしれない。死ぬものは死なせ、生きるものは生き続けさせ、生まれでるものの成長は促進し、そのうえ頼ってくるヤドリギは拒絶しない。それが彼らの流儀なのかもしれない。まさに生と死の共演である。木々という植物は長いスパンで生と死の共演を行っているということなのかもしれない。

地球に生かされているものは、その生命体がなんであれ、摂理（自然界を支配している理法）に従って生かされている。摂理は境界をおかない。その意味において、ナナカマドも人間も、もちろん、どんな生命体も同等である。であるならばと、カイバは思った。自分は病葉で生れてきたナナカマドの新芽と何も変わらない。

八月に入ると、ナナカマドの枝葉の先端をところどころ赤く染め、枯れたものから落としていき、葉の陰からあらわれた実の房は、赤色に衣替えをする用意か、すでに黄色く色づいている。しかし、無事に赤く成熟できるか、赤くなっても枝に留まっていられるかどうかは、この時点ではまだ分からない。赤い房をたわわに誇る年もあれば、ほとんど実を見ない年もある。

身体の不調を体験し、死を予感し、いまなおその不調を引きずりながらも死ねないでいるカイバ。これも摂理なのかもしれない。

自分は今まさに朽ちるために苦しんでいる。

蜘蛛の糸

地球の終わりを予想させるような気候変動が世界中のあちらこちらで起きているのを目にするたび、どうにもならない悲愴感に襲われる。それでも、そんなこと仮想世界の出来事であるかのように、万能を自負する人間どもは無限に宇宙ゴミを飛ばし、地球に穴をあけている。原因は地球温暖化、自転軸のぶれ、磁極逆転、太陽フレア等、いろいろ絡みあってのことなのか、一旦バランスの臨界を超えた地球はあちこちで邪魔者を振り落とし始めている。地球的規模で観ればそうなるが、見える周辺景色は以前とあまり変わらない。

雪が溶けて気温があがる五月、六月は羽虫たちの全盛期、生命の歓喜なのだろう、大小あわせて無限のように湧いては飛びまわる。夜はカーテンから透ける家の灯りをめがけて廊下の隙間から入りこむが、朝にはもう飛びたつ元気はない。カイバは飛びたてない彼らを集めて掃き出す。これが、この時期、カイバが毎朝行う弔い作業である。

七月になろうとする朝、死んでいる羽虫たちのなかに、彼らよりも大きい虫が脚を縮こませて仰向けに転がっていた。どうやら蜘蛛のようである。いつもそこに陣取っている顔なじみの奴がお陀仏になったのかなと思い、つぶさないように抓み、手のひらに乗せ、土にもどしてやろうと、窓からその手を振り払った。まだ死にきれていなかった奴さん、その過程で、意識を取り戻したのか、糸を出して手からぶら下がった。その長さは七~八十センチぐらいか、そんな力がどこに残っていたのかと思うぐらい、いや、思う暇もなく、手のすぐそばまでスルスルと上がってきたのである。さて、どうしたものか、などと思うまなどありはしない。カイバはその糸を振り払っていたのである。手に触れられたくない咄嗟の動作、悪気はない。まあ人間のエゴである。

地面に落ちていった蜘蛛はどうなったのか？

糸を吐きだしどこかに引っかけて軟着陸したと思うが、いずれ、カイバが見つけたときと同じ姿で青天井をあおぐだろう。どんなに足掻いたって、生命の行先は同じ。だったら、苦しまないほうがいい。苦しみの時間は短いほうがいい。芥川龍之介が描く〈蜘蛛の糸〉のお釈迦さまもそう思うだろう。

何やら、その蜘蛛が羨ましく思えてきた。我が身を振りかえれば、脚を縮ませ引っくり返っている姿は同じである。体調は回復しそうもなく、何をするにも呼吸そのものが苦しい。生きていることの面倒くささばかりが募る日々である。そんなおまけの命もそろそろ終わりにしたいと思うのだが、これもまたどうにも思うようにならない。

スイッチオフのための蜘蛛の糸が欲しい、と思った、そんな朝だった。

風と時間

風はけしてその姿を現さない。通り道だけが、その存在を示すだけ。しかし、一度だけ、カイバの相手をしてくれた。生きることに疲れはてていたカイバに同情した……のかも。

外に出たとたん、頬を叩いて過ぎていくものがいる。

誰？

ここだよ。

何所よ？

二階外廊下の吹きっさらしにあがる。

見えるかぎりの遠くに……木々がしなるように揺れているのが見える。その揺れが隣の木々を揺らし、その揺れが次の木々を揺らしていく。揺れが、次から次へと移り、ドミノ倒しのように、近づいてくる。

やがて……、カイバの白い前髪を揺らし、耳たぶをつかみ、囁く。

「ババアになったな！」

「えっ？」と振り向く。

ざわざわと大きく揺れる風の残影と残響。

そのざわめきは低木へと移り、揺れを共鳴させていく。その根もとの名前さえ知らない小さな山野草が、僕らだって生きているんだから、とばかりに、身体をしならせ、存在を主張している。

「そろそろ……」と、カイバ
「そろそろ、何だい？」

「私は、そろそろ……なの？」とカイバ
「分からないよ、僕は風だが、今だけの風だから、おまえとは初対面だし」

「だって、さっき、ババアになったな、って」と、カイバ
「ああ、うわさだよ、うわさは風に乗る」

「私のうわさって？」

「うーん、自然のルールを壊しそうになった人間がいる……だったかな」

「ふーん、そんなうわさ、いつから？」

「今だけの風に、そんなこと知るわけがない。ただ……」

「ただ？」

「そんなとき、人は少しだけ風を起こすらしいんだ……」

「へー……じゃあ、死ぬときは？」

「ああ、そろそろ行かなくちゃ、同じところに留まったら壊れる」

「何が？」

「自然法則のような……」

「君と話している時間は0・0000……秒ぐらいなのに？」

「**今**は、もっと短い」


その声と同時に次の風がカイバの頬を叩いて過ぎていった。

思い出した。そんな刹那の今を、かつて二回、体験したと。

川に流されたときと、ミリーが運転する車の助手席に乗っていたときの、古典物理学では説明のつかない**ながーい刹那**（拙著・夢の跡の塵芥150～154ページ）である。


時間も風も、その姿を見ることはできない。

しかし、自分でおこした風は今カイバの中にいて常に悩ましてくる。

ドキーン、ドキーン……
時が刻まれる
苦しい
ヒュー、ウー、ヒュー、ウー……
風が吹く
苦しい
ながーい一吸気のたびに
ながーい一呼気のたびに
問うてくる
……どうしたらいいの？
「知らなーい！」という声
……いつまで続くの？
「知らなーい！」という声
……どうなるの？
「知らなーい！」という声

……どうしたらいいの？

「知らなーい！」という声

知らない、知らない、知らない……

と、繰り返される、言葉の森

知らない、知らない、知らない……

と、エコーする、言葉の森。

「知らない」という自分の言葉に翻弄されるようになって、「知った」ことがある。それは、目は見るだけの道具ではなく、涙を流す道具だと思い知らされた。滅多に涙を流さなかったカイバだったが、涙もろくなった。すべての事象がナ・ミ・ダの素になった。一つのクレイジー（crazy／狂気）が多くの命を木端微塵に破壊する。世界はいつのまにかクレイジーだらけの狂気の森になってしまっていた。

ナ・ミ・ダの素がきれるまで、ナ・ミ・ダを流す以外、カイバには何もできない。

願うのは、カイバのナ・ミ・ダに呼応して、森の木々がざわざわと泣き、ナ・ミ・ダを流してくれること。

そして、「そんなとき」がいつか分からないが、少しだけ風を起こすことができるとしたら、私は誰に「a blast／一陣の風」を送ろうか。

終わりに

熱力学や統計力学においてエントロピー（entoropy／示量性の状態量）という言葉がある。このエントロピー増大の法則によれば、物事は放っておけば乱雑、無秩序な方向に向かい自発的に元にはもどらないということらしい。一旦ゴミを放置すればゴミの山ができあがるし、覆水盆に返らずのごとく、コップからこぼれた水はもとにはもどらない。この法則が示すように、今、私たちを囲む地球環境は乱雑／無秩序の方向へと進んでいる。これを歴史上の例で言えば、二つの原爆で破壊尽くされるまで止まらなかった戦争がある。そして身近なところでは原発問題がある。今（二〇二三年八月）福島原発汚染水を海に放出しなければならない現実に陥っても、いまだに原発推進の潮流は終わらない。世界に目を向ければ、戦争という虐殺行為が罷り通っている。

氷が水になり、そして気体となる。一旦気体となった水分子を人為的に個体に戻すのには莫大なエネルギーを必要とするだろうが、自然はこれを難なくやってこなす／こなしてきた。気体となった水を雲とし、雨や雪として再び地上にもどすという循環である。その循環の恩恵を受けて、私たちは住みやすい地球環境に生きてこれた。

しかし、今、母である地球はそんなに優しくはない。母の機嫌は悪い。世界中のあちらこちらで噴火、地震、山火事、大雨、洪水、熱波……等々、機嫌を治めてくれる気配はない。この法則のなかで生かされている我が身も呼吸するたびに二酸化炭素を放出し、生きていくための排便・排尿、そして活動のためのエネルギー消費は好き放題と、母を悩ませている存在である。

我が身にもエントロピー増大の風はますます吹きすさび、何をするにも苦しく、老化現象と向きあわされている。死ねないかぎり日々をやり過ごさなければならず、生きることは苦痛と知らされた。残酷な摂理である。如何にも長い量刑である。

さて、良くても悪くても、何かが我が琴線に触れる。その何が何なのか、ぼーっとしてまだ輪郭さえないとき、その何かをどうにかして探りたい。ふとそう思ったとき、老這子は言葉の森に入りこんできた。直感的想起（アナムネーシス）を意識し、その概念を言葉で表現したいと願ってきた。しかし、この概念を初めて意識させてくれた「ねえ、起きて、起きて、ほら、あそこに、あんなものが浮かんでいるよ」と起こしてくれたワトソンはもういない。

死ぬ前夜、残る渾身の力をもって、階段の途中、休み、休み、二階にあがり、あの満月の夜と同じ窓枠に座り、外を、見えているのかいないのか、凝視したワトソン。そんな彼を両腕で支えながら、猫と老這子はただただ暗闇を見ていた。

意識の森に導いてくれたワトソンはもういないが、神秘が日常に入りこむとき思考はときに破壊的になることを、彼は教えてくれた。破壊と構築の連鎖。破壊、そして構築、そしてまた破壊と、意識が言葉の森を徘徊する。破壊的思考は老這子の意識を心地よく酔わせ彷徨させてきたが、しかし、いまや、その破壊は存在（肉体）にまで及び、カイバに変身させ、今や死への道を這わせている。死ぬ直前に階段を這いずってでも上っていたワトソンのように。

滅多に泣かない、泣けないことを自負していたが、迫ってきたせいか、最近とみに涙腺が弱くなった。不条理な事件を目にし、耳にすると、被害者の痛みは当然ながら、加害者の痛みにまで目頭が熱くなる。人は人の心を好き勝手に分析して納得する、いや、納得するため、させるために好き勝手に分析する、と言ったほうが合っているだろう。しかし、私は納得なんかしない／させられない。考える。想像する。何故そんなことをしたのか、何がそうさせたのか、どんな環境で育ってきたのか、どんな言語環境で育ってきたのか、心を解放させてくれる誰かに出会わなかったのか、等々である。しかし、分からない。分かるわけがない。複雑な思考プロセスは本人自身にも分からない。

ここまで出会ってきた人々や動物との関りは、ともあれ這子が生まれてから今に至らせた環境である。そのすべての糸が切れそうになっている今、思うことは、走馬灯のように現れては消えていった人たちである。その人たちを思いだすとき、その接点を無いものとしてきた己の冷酷さに心が凍る。

その事実が今になって己を責めてくる。他者に興味を抱かない、だから嫉妬心や猜疑心に悩むことはなかった。他者への雑言で自らを貶めることもなかった。このことは一面ピュアに映るかもしれないが、大きな勘違いだったのかしれないと今更ながらに気づく。己はピュアなんかではなかった、ただ逃げてきただけの、心を滅多に開かないただのエゴイストだったと。

朝、目覚める
靄のかかった言葉の森のなか

深いため息
徘徊の一日がはじまる
辛くても苦しくても
もう、逃げられない
耳の奥で響く
センテンス（sentence／判決）
主文……有罪
罪名……苦しむ価値がある
量刑……命があるかぎり。

了

横山多枝子　（よこやま　たえこ）

1948年静岡県三島市生まれ。

1997年渡米。1999年ワシントン州Skagit Valley College卒業。

2001年ユタ州Brigham Young University（言語学）卒業。

2003年センター試験国語出題文の検証を開始。

2006年ブログにて「教育基本法特別委員会質疑応答と野次」を連載。

2008年「続・入試制度廃止論―認知心理学基軸―」をHPにて発表。
◎著作
『入試制度廃止論』（自費出版、2002年）
『論文読解とは推量ゲーム？』（自費出版、2004年）
『日本語を教えない国日本―入試問題・安保条約文徹底検証！』（せせらぎ出版、2005年）
『続・入試制度廃止論―認知心理学基軸―』（せせらぎ出版、2019年）
『夢の跡の塵芥』（せせらぎ出版、2020年）
『照らし出すものたち　這子編――つの認知システム』（せせらぎ出版、2021年）
『遠い感情』（せせらぎ出版、2022年）
◎ブログ
http://www13.plala.or.jp/taekosite/

言葉《ことば》の森《もり》　精神《せいしん》の自動的《じどうてき》な働《はたら》き／生起《せいき》するもの

2024年 9月11日　第1刷発行

著　者　横山多枝子
発行者　岩本恵三
編　集　せせらぎ出版
〒530-0043　大阪市北区天満1-6-8 六甲天満ビル10階
TEL 06-6357-6916　FAX 06-6357-9279
https://www.seseragi-s.com/

印刷・製本所　株式会社デジタル・オンデマンド出版センター

ISBN 978-4-88416-311-2